江湖不遠

《水滸》中的那些人

鮑鵬山 著

中和出版
OPEN PAGE

自 序

　　2008 年，正好十年前，也是這個季節，我在央視錄《百家講壇》之《鮑鵬山新說〈水滸〉》。一天，苗老說帶我去看慕田峪長城，其實，我不愛旅遊，遊山玩水對我沒有甚麼吸引力，但與苗老一起，很有吸引力，我們認識三十多年了，他總給我出其不意的知識，展示給我意料之外的技能。我們就去了。他開着他的千里馬，他說這是特別好的車，我不懂車，但苗老說好，基本上都是那種哲學意義上的好，哲學意義上的好，沒法在技術工藝層面上反對，我就當它好。我們看了大半天的慕田峪長城，回來時下山，我腿打顫，但苗老身體特別棒，他比我大十歲，精力體力都比我好，一路侃侃而談，健步如飛。到了下午，四點多鐘，我們往回趕，他開着車，我打着瞌睡。他打開伴音帶，開始唱京劇，我醒了，他唱得好。京劇的好在於有滄桑感，苗老藝術

感覺好，唱出了那種味道。他見我感興趣，說：
「你講《水滸》，我給你唱一段《林沖夜奔》？」
我說好，他開始唱。此刻，夕陽西下，我們車子
對着夕陽的方向開。他開始唱，我眼淚流出來
了。他一直唱，我眼淚一直流。他沙沙啞啞地
唱，我手握一個礦泉水瓶，打着節拍，眼淚不停
地流。

　　《林沖夜奔》的詞是這樣的：

　　　　大雪飄，撲人面，
　　　　朔風陣陣透骨寒。
　　　　彤雲低鎖山河暗，
　　　　疏林冷落盡凋殘。
　　　　往事縈懷難排遣，
　　　　荒村沽酒慰愁煩。
　　　　⋯⋯
　　　　歎英雄生死離別遭危難，
　　　　滿懷激憤問蒼天：

問蒼天，萬里關山何日返？

問蒼天，缺月兒何時再團圓？

問蒼天，何日裡重揮三尺劍？

誅盡奸賊廟堂寬！

壯懷得舒展，賊頭祭龍泉。

卻為何天顏遍堆愁和怨……

天啊天！莫非你也怕權奸，有口難言？

　　這詞我還真沒覺得多麼好，在《水滸》裡，林沖也沒有誅盡奸賊廓清廟堂的雄心和願心。苗老讓我感動得哭的，是他那嗓音裡呈現出來的人生滄桑感，那種不僅受夠了自己生命中的苦，還受夠了漫長歷史所有人的苦的滄桑感，那不是百感交集，是百苦交集，是自有人類以來所有人的人生及其苦痛的交集。京劇唱腔正是飽含了這些人類苦痛，才那麼彌天亙地的傷感。

　　苗老見我如此感動，就說李少春唱得好，回去找來帶子寄到我家，我聽，覺得沒有苗老唱得

好。那種感覺，不是技術的，也不是藝術的，是
歷史的，是哲學的。

順帶說說《水滸》。

《水滸》裡最美麗的文字，是寫林沖的雪。林
沖的雪，「紛紛揚揚，捲下一天大雪來」。林沖的
雪，「雪地裡踏着碎瓊亂玉，逶迤背着北風而行。
那雪正下得緊」。林沖的雪，「看那雪到晚越下得
緊了」，「那雪越下得猛」。林沖的雪，「彤雲密佈，
朔風緊起，又見紛紛揚揚下着滿天大雪」。林沖
的雪，「遠遠望見枕溪靠湖一個酒店，被雪漫漫
地壓着」。

林沖的世界一直在下雪。林沖的雪，讓我們
覺得，這世界這麼苦，可是，唉！這世界還這麼
美。我們的心裡，裝了那麼多苦，哪裡還能裝得
下這麼多美？於是，讀林沖，唱林沖，我們都會
心碎，不是被苦碎的，是被美碎的。

很想穿越到朱貴那湖邊的店裡，從春等到

冬，等到林沖的大雪飛揚，厚厚的雪漫漫地壓
着，然後，在寒冷的夜晚，等到一個戴着氈笠子
的人，捲着一團雪進來，默默接過他的花槍和花
槍上挑着的酒葫蘆，放在牆角，這裡一壺酒已經
從春天溫熱到現在，傾滿老粗碗，輕輕一碰，不
交一言，只是悶喝。

　　昨天和苗老一起坐飛機，和他說到那次慕田
峪經歷，我說，是秋天吧。他說錯了，就是這個
季節，五月份。他舉出幾個證據，終於讓我明白
那確實是 2008 年春天的事。但是，為甚麼我就
記成是秋天呢？也許是，夕陽西下時，一聲「大
雪飄，撲人面」，頓時山河變色，秋風寒颯颯，
白楊何蕭蕭……

2018 年 5 月 12 日於偏安齋

目　錄

高俅升遷的階梯　　　　　　　　　1

絕對權力的下場方式　　　　　　　6

官腔與事變　　　　　　　　　　　12

《水滸》的集體發泄　　　　　　　18

康乾盛世，康熙乾隆皇帝的盛世　　23

讀《水滸》，看人生氣　　　　　　28

宋江與女人　　　　　　　　　　　33

誰謀害了一丈青扈三娘？　　　　　38

潘金蓮的砒霜武松的刀　　　　　　43

武松的流氓氣　　　　　　　　　　49

武松的下流話　　　　　　　　　　54

性愛保護道德　　　　　　　59

林沖怕着我們的怕　　　　　63

李逵的殺氣和社會的戾氣　　69

魯達的慈悲　　　　　　　　74

李忠的境界　　　　　　　　79

李忠的自贖　　　　　　　　84

逼下梁山的林沖　　　　　　89

五兩銀子林沖命　　　　　　95

小人的成敗　　　　　　　　100

林沖的兩個兄弟　　　　　　105

陸虞候為甚麼如此卑鄙　　　110

我們為甚麼要兄弟　　　　　115

魯智深與孟子　　　　　　　　　121

做官與做賊　　　　　　　　　　126

宋江降低了梁山的道德境界　　　130

朱仝的屈服　　　　　　　　　　134

這個世界獨缺莽撞人　　　　　　140

魯智深的高貴　　　　　　　　　145

《水滸》的語義學　　　　　　　149

《水滸》中的《西遊記》　　　　153

好漢們的雙重人格　　　　　　　158

武二終究是武大　　　　　　　　163

通往奴役之路　　　　　　　　　168

林沖的斯德哥爾摩綜合徵　　　　173

林沖的位子　　　　　　　　　177

誰打翻了洪教頭　　　　　　　182

洪教頭嫉恨林沖甚麼　　　　　187

寡情的柴進　　　　　　　　　192

有關宋江的兩種真相　　　　　197

施耐庵的狗　　　　　　　　　202

孫二娘的幻視與張青的幻覺　　207

施耐庵為何不怕重複　　　　　212

犯罪成本核算　　　　　　　　218

沉默的大多數　　　　　　　　223

主持正義的成本核算　　　　　228

誰的快活林，誰快活　　　　　233

李逵撒嬌　　　　　　　　　　237

心腹人   242

吳用反水   247

宋江搞怪   252

宋江：半生軌跡兩封信（上）   257

宋江：半生軌跡兩封信（下）   263

《水滸》的義與不義   269

《水滸》中的懂事   274

戴宗教李逵文明用語   279

魯達智深   285

一百零八人之外的大英雄   290

後記   296

高俅升遷的階梯

　　高俅原是一個浮浪破落戶子弟，姓高，排行第二，自小不成家業，只好刺槍使棒，最是踢得兩腳好氣毬，於是，京師人也就不叫他高二，只叫他高毬，發跡後，他把毛旁的「毬」改為人旁的「俅」。這個人旁的「俅」，在漢語裡幾乎沒有甚麼意思，不能單獨用，大概高俅以此表示，他從此擺脫了毛乎乎的東西，算是一個人了吧。

　　那麼，在發跡之前，高俅是個甚麼樣的人呢？

　　《水滸》是這樣寫的：吹彈歌舞，刺槍使棒，相撲頑耍，樣樣在行，而且還胡亂寫詩書詞賦，卻偏偏有一樣不會，那就是：「仁義禮智，信行忠良」。

他的職業，就是在東京城裡城外幫閒。

如果就這樣了，他高俅此生的最高境界就是做一個豪門清客，最低境界是地主的狗腿子或財主的奴才，不會有太大的出息。

但是，正如大家都知道的，他後來還真是玩大了，大了去了。

這是一個曲折而有意味的過程。

高俅最初也只是幫一個生鐵王員外的兒子使錢。王員外看着自己的兒子被高俅這個破落戶潑皮帶着到處吃喝嫖賭，一紙狀子告到開封府，開封府把高俅斷了二十脊杖，押送出東京，註銷東京戶籍。

《水滸》寫到這裡，還有一句：「東京城裡人民不許容他在家宿食。」可見東京人對這個小流氓無賴的厭惡。

高俅在東京無處落腳，便去了淮西，投靠一個開賭坊的閒漢柳大郎柳世權。

作者輕輕點出兩個字：「世權」，不動聲色。

我們也輕忽過去了。

但是，當我們讀完下面的章節，再回過頭來，想起作者輕輕放在這裡的這兩個字，心中不免一驚。

世權，世權，一個權宜的世界，一個苟且的世界，一些權宜苟且的人物！

正是這樣的生態環境，才讓高俅這樣的人茁壯瘋長！

三年以後，宋哲宗心血來潮，大赦天下。高俅要回東京來了！

柳世權給了他一些盤纏，還給他寫了一封推薦信，讓他投奔自己的親戚：開生藥舖的董將仕。

董將仕見了柳世權的來書，心中尋思：這樣的人留不得。

但又撇不過柳大郎的面皮，於是便假裝歡天喜地留在家歇宿，每日酒食管待，住了十餘天，想出一個兩全之策：拿出一套衣服，又寫了一封信，打發高俅到小蘇學士處去。話還說得好聽：「小人家下螢火之光，照人不亮，恐後誤了足下。我轉薦足下與小蘇學士處，久後也得個出身。」

這小蘇學士，接待了高俅後，心裡也在盤算：「我這裡如何安得着他？不如做個人情，薦他去駙馬王晉卿府裡做個親隨。人都喚他做小王都太尉。他便喜歡這樣的人。」於是又寫了一封信，把他薦給王晉卿了。

這駙馬爺王詵還真喜歡高俅這類人，一見就喜。隨即就收留高俅在府內做個親隨，出入如同家人一般。

至此，這高俅終於進入了上層社會。並最終通過駙馬，又去了「小舅端王」那裡。「小舅端王」做了皇帝，他就成了太尉！

這王晉卿王詵，《水滸》稱為「小王都太尉」，蘇學士《水滸》稱為「小蘇學士」，「端王」《水滸》稱為「小舅端王」，施耐庵大爺都給他們扣上一個「小」的帽子。

金聖歎看得明白，說：「小蘇學士，小王太尉，小舅端王，嗟乎！既已群小相聚矣，高俅即欲不得志，亦豈可得哉！」

這些人其實都還本分啊，怎麼就成了小人了呢？

董將仕並不是善惡不分的人物，恰恰相反，他的精明足以讓他區分善惡。

但他的精明讓他更能區分利害。在判斷了自身利害之後，他把高俅推薦給了小蘇學士。

小蘇學士也一樣，其學問見識足以讓他辨明忠奸。但是，又是自身的一己小利害的考慮，就讓他放棄了大原則。於是，他又把高俅推薦給了小王都太尉。

他們或是本分的小生意人，或是朝廷裡體面的官僚，他們知道高俅是個瘟神，但他們不但沒有阻斷他的上升之路，而是恰恰相反，他們都害怕得罪這個小人，再加上一個「撇不過面皮」，一個要「做個人情」，於是，他們都自願地成了高俅上升的台階。

作善惡是非判斷的是君子，作利害判斷並把利害置於是

非之上，就是小人了。

利害考慮壓倒了是非判斷，個人的小算盤壓倒了做人的大原則。

人，也就從打個人小算盤開始，從大人變成小人的！

子曰：「鄉愿，德之賊也！」

當好人一步一步變成膽小怕事無原則的「小人」，壞人也就一步一步踏着這幫打小算盤的「小人」鋪就的台階，最終走到了權力的頂峰，壞國、壞家、壞民！

絕對權力的下場方式

　　高唐州新來了一位知府，高廉。高廉是東京高太尉的叔伯兄弟，《水滸》上接着說：高廉倚仗他哥哥的權勢，在這裡無所不為。

　　隨着花花太歲高廉，高唐州又來了一個高廉的妻舅殷天錫。《水滸》又說：這殷天錫年紀雖小，卻倚仗他姐夫高廉的權勢，在此間橫行害人。

　　《水滸》熱烈處熱烈，冷峻處冷峻。你看它幽幽幾句，就道出了大宋「頭頂長瘡腳底冒膿——壞透了」的現實：

　　太尉作惡於朝廷。

　　知府作惡於州府。

衙內作惡於市井。

自上而下。——是甚麼在作惡？是權力。

花花太歲聽説柴皇城家宅後有個花園水亭，蓋造得好。
就帶着許多奸詐不及的三二十人，徑入家裡來宅子後看。看
了，果然好。便喝令柴皇城一家老小出去，他要來住。

這真是豈有此理。但是我們千萬不要大驚小怪。

絕對權力的基本特徵就是：我的是我的，你的也是我的。

不管是富人的別墅，還是窮人的茅屋，只要我要，都是
我的。

絕對權力存在的地方，沒有法律，沒有道德，當然也就
沒有道理。

權力一講道理，上帝就笑了。

但這柴皇城可不是弱勢群體，他是有依仗的，他有先朝
的丹書鐵券：這丹書鐵券甚至賦予他免受朝廷責罰的權力，更
何況一般的小混混。

但是，年紀小小的富二代殷天錫也是有依仗的，他的依
仗就是他的姐夫，高唐州的知府高廉。

而高廉又是有依仗的，他的依仗就是東京的高太尉。

柴皇城當然不搬，苦苦和他理論；殷天錫果然不容，手下的流氓開打。柴皇城很受傷：身體的和心靈的。一臥不起，早晚性命不保。

侄子柴進得信，趕緊和李逵一起趕到高唐州來看視，他安慰叔叔：我們有丹書鐵券，便告到官府今上御前，也不怕他！

柴進有丹書鐵券，他不怕。

李逵跳將起來說道：「這廝好無道理！我有大斧在這裡，教他吃我幾斧，卻再商量！」

李逵有大斧，也不怕。

而且，我們細揣李逵的話，還能挺感慨地發現：即使李逵這樣沒文化的人，心中也還是有道理的。

區別僅僅在於：他發現你不講道理，他就不再和你講道理。

好了，現在形成了兩條路線：

柴進不怕，要告。

李逵不怕，要打。

柴進和李逵講道理：他雖是倚勢欺人，我家放着有護持聖旨，這裡和他理論不得，須是京師也有大似他的，放着明

明的條例，和他打官司。

他要到更有權力者那裡，講講道理。

你和權力講道理，李逵就笑了。

李逵這樣的人，從來目無王法，更不信王法。

目無王法，是個人問題。

不信王法，一定是社會問題。

一聽柴進說甚麼「明明的條例」，李逵叫道：「條例，條例，若還依得，天下不亂了！」

這倒是一部《水滸》暗含的最大道理！

條例為甚麼依不得了？

因為條例之上有權力。

只要權力大於條例，條例等等，就永遠是一紙空文。

是甚麼亂了天下？

是權力。不受約束的權力是一切動亂的根源。

既然條例已經不能約束，那就只好上板斧了。

至第三日，殷天錫騎着一匹攪行的馬，將引閒漢三二十人，帶五七分酒，佯醉假顛，徑來到柴皇城宅前，要趕他們搬出去。

柴進又拿甚麼丹書鐵券來講道理。

殷天錫大怒道：便有誓書鐵券，我也不怕！左右與我打這廝！

　　前面柴進說他有誓書鐵券，所以不怕。

　　現在，殷天錫說你縱有誓書鐵券，我也不怕。

　　誰才是真的不怕呢？

　　殷天錫手下的人，馬上上來暴揍柴進。

　　這打的不是柴進，是人民對這個國家殘存的信任。

　　柴進是被殷天錫打上梁山的。

　　終於惹惱了一個殺星。李逵躲在門縫裡張望，本來就氣得冒煙，聽得喝打柴進，便拽開房門，大吼一聲，直搶到馬邊，把殷天錫揪下馬來，一拳打翻。拳頭腳尖一發上，殷天錫手下救不得，柴進攔不得。眨眼工夫，殷天錫嗚呼哀哉，伏惟尚饗。

　　就這樣一副經不起三拳兩腳的臭皮囊，一旦背靠權力，竟然可以不可一世，欺壓天下人。

　　可是，就這樣不可一世的癲狂小兒，李逵的三拳兩腳，就把他打成了一堆爛肉。

　　不受約束的權力，最後招來的，一定是暴力。

　　殷天錫為甚麼死了？

　　李逵打死的。

但是，他本來可以有其他的選擇，比如，柴皇城的方式，最不濟也還有柴進的方式。

要知道，一開始，出場和他周旋的，是柴皇城，接下來又是柴進，而不是李逵。

但是，他否定了柴皇城和柴進的方式，選擇了李逵的方式。

因此，他是李逵打死的，也是他自己把自己弄死的。

權力在面對柴進這樣還相信道理的人時，一定要想到，柴進後面，門縫裡，一定有一雙甚至更多的已經對道理絕望了的眼睛，正在噴着怒火。

而柴進是最後一道緩衝和屏障。應當好好保護好，而不是摧毀這道緩衝和屏障。

可惜的是，絕對權力是絕對非理性的。它不可理喻，只認暴力。

因此，絕對權力絕對會選擇暴力作為自己下場的方式。

李逵這樣的人，就這樣被選擇出來，帶着兩把板斧，排頭砍來。

這是全社會的悲劇，是人類的警示錄。

官腔與事變

　　武松被陽谷縣縣令差遣往東京謀升轉，潘金蓮、西門慶暗害了武大郎，要做長久夫妻。快活倒是快活，算盤也還如意，只是怕着一個人，就是在縣裡做刑警大隊長的武松。

　　不過，話又說回來，西門慶也不是一個凡角。他開着藥材舖，砒霜可以藥殺武大，錢財可以交通官府。《水滸》說他：「從小也是一個奸詐的人，使得些好拳棒。近來暴發跡，專在縣裡管些公事，與人放刁把濫，說事過錢，排陷官吏。因此，滿縣人都饒讓他些個。」不是這樣的人，也做不出如此傷天害理之事，且有恃無恐。

　　但武松畢竟是要回來的，回來後不見了哥哥，也是要查

問清楚的。兩邊眾鄰舍看見武松回了，都吃一驚。大家捏兩把汗，暗暗地説道：「這番蕭牆禍起了！這個太歲歸來，怎肯干休！必然弄出事來！」

　　武松的刑警隊長幹的時間不長，除去幫縣長辦私事的兩個月，也就是五十來天，但是，他好像天生會查案。他憑直覺找到何九叔，證實了自己的懷疑：武大是被害死的。又從何九叔那裡找到一個叫鄆哥的半大孩子，鄆哥告知武松，姦夫乃是西門慶。不到半天時間，除了具體的作案細節，案情基本清楚。

　　武松年輕時氣盛，曾一拳把人打得昏沉，逃走異鄉一年有餘。現在他做了縣刑警大隊長，有了覺悟，他不會「私力維權」，他要依法維權。於是，他把何九叔、鄆哥一直帶到縣廳上。對知縣説：「小人親兄武大，被西門慶與嫂通姦，下毒藥謀殺性命。這兩個便是證見。要相公做主則個。」

　　知縣與縣吏商議。兩人共同下了結論：「這件事難以理問。」知縣和縣吏都是和西門慶有關係的。知縣説：「武松，你也是個本縣都頭，不省得法度？自古道：『捉姦見雙，捉賊見贓，殺人見傷。』你那哥哥的屍首又沒了，你又不曾捉得他姦；如今只憑這兩個言語，便問他殺人公事，莫非忒偏向麼？你不可造次。」

　　也就是説，立案依據不足，不能立案。

武松懷裡去取出兩塊酥黑骨頭，十兩銀子，一張紙，告道：「覆告相公：這個須不是小人捏合出來的。」

這下總有依據了吧？

知縣看了道：「你且起來，待我從長商議。可行時，便與你拿問。」何九叔、鄆哥都被武松留在房裡。

有證人，有證物，剩下的，就是拘捕嫌疑人了。

至少是立案偵查。

但是，沒想到，第二天一早，知縣卻回出骨殖和銀子來，說道：「這件事不明白，難以對理。聖人云：『經目之事，猶恐未真；背後之言，豈能全信？』不可一時造次。」

獄吏馬上幫腔道：「都頭，但凡人命之事，須要屍、傷、病、物、蹤，五件俱全，方可推問得。」

原來，當日西門慶得知武松告他，早已使心腹人來縣裡送官吏銀兩了！

我們看，知縣和獄吏所說，完全是官腔。

官腔的可怕處，在於它句句在理，你無法反駁。

而且，這二人所說的話，恰恰成為兩種最有代表性的官腔：政治官腔和專業官腔。可以成為我們官腔研究的典型案例，我們不妨來看看。

官腔第一種：政治官腔。

　　使用者一般為有一定權力和地位的官僚。其用途在於確立自己的政治優勢，顯示自己的政治正確。知縣不僅口稱「法度」，甚至抬出聖人的話以證明自己的政治正確。雖然他所說的甚麼聖人之言完全是他的捏造，但是，從某種意義上說，甚麼叫聖人？就是常常被權勢者利用的人，聖人說過甚麼話，聖人的話是甚麼意思，解釋權一般都在權勢者那裡。這是聖人的悲哀，是凡人的悲劇。

　　聖人是正確的，而聖人又是站在權勢者一邊的，所以，權勢者當然也是正確的。

　　人家既然是正確的，你再糾纏就屬於鬧事了。

　　官腔第二種：專業官腔。

　　使用者一般為權勢者或某些利益集團的御用學者和專家。其用途在於確立自己的專業知識優勢。獄吏說出一大堆專業術語，令人摸不着頭腦，既然你摸不着頭腦，也就無法反駁他，他馬上就佔有了有利的專業知識優勢。

　　他既然有了專業的優勢，你再糾纏就屬於不懂事了。

　　簡單地說，官腔既是一種說話方式，更是一種話語權。有話語權者才有資格打官腔。

　　像我們上面分析的，縣令掌握的，是政治話語權。

　　縣吏掌握的，是技術話語權。

老百姓，沒有話語權。只能忍氣吞聲。否則，就是不懂事和鬧事。不懂事有時叫不明真相，鬧事有時叫危害穩定，都是可怕的罪名。

　　但是，武松哪裡會被官腔嚇住呢？他倒不是不怕官腔，或者有甚麼辦法對付官腔。他是——根本沒有耐心聽官腔。

　　他，第一，不管甚麼政治正確，不管甚麼聖賢之言，他只有良知。所以，金聖歎在知縣的「聖人言」三字下批曰：「三字騙得進士，騙不得武二。」他只知道殺人償命，欠債還錢。

　　第二，他也不懂甚麼專業術語，他只要常識。他只知道，哥哥被人謀害了，弟弟必須為他討還公道。

　　是的，對付官腔的最好武器，就是良知和常識。

　　不跟着官腔繞彎彎，跟着官腔繞，會把你繞得一點道理都沒有，一點脾氣都沒有，一點頭腦都沒有。

　　所以，最好的辦法是：隨你官腔說千道萬，我就堅持一點：良知和常識。

　　最簡單的思路，有時恰恰是最正確的思路，最不被別人的官腔愚弄和牽着鼻子走的思路。

　　武松就是這樣的個性，這樣的思路。

　　所以，面對知縣的官腔，武松幾乎一點也不要聽，也不給知縣找麻煩，馬上就打了退堂鼓。

　　現在，我們要考察一下官腔的後果。

武松道：「既然相公不准所告，且卻又理會。」毫不糾纏。

他是如何「理會」的呢？

殺嫂，殺西門慶，血濺鴛鴦樓，反上二龍山，嘯聚梁山泊——這，就是官腔的後果。

《水滸》的集體發泄

很多很理性的學者很理性地指出《水滸》中的暴力和血腥。但是，有一個問題似乎更需要我們的理性思考：為甚麼《水滸》的作者——幾百年間的書會才人和施耐庵這樣的文人——要這樣寫，且寫得津津樂道熱血沸騰；幾百年間城鄉書場邊的無數聽眾以及《水滸》成書以後的無數讀者又讀得津津有味攘臂欲鬥；更令人吃驚的是，包括李贄這樣的頂尖思想家和金聖歎這樣的頂尖文學鑒賞家，又同樣對《水滸》中的描寫摩挲再三、玩味不已、稱賞不休……

結論是：我們集體需要發泄。

魯智深拳打鎮關西，第一拳，打在鼻子上，「打得鮮血迸

流，鼻子歪在半邊」。至此本來已經寫足。可偏要再寫出「卻便似開了個油醬舖，鹹的、酸的、辣的，一发都滾出來」。

第二拳，打在眼眶際眉梢，「打得眼棱縫裂，烏珠迸出」。也已經寫足，偏要再寫出「也似開了個彩帛舖的，紅的黑的紫的，都綻將出來」。

第三拳，打在太陽穴上，施大爺又是眉飛色舞：「卻似做了一個全堂水陸的道場：磬兒鈸兒鐃兒一齊響。」

為甚麼要這樣寫？

我的回答是：施大爺自己很享受這個打人的過程。他心中鬱積的東西太多，需要痛快淋漓地釋放！

我在讀這段文字時，內心裡也在不停地喊：打他！打他！

手心裡全是汗。我竟然如此暴力，如此嗜血！

可是，金聖歎在回前總評上說此段文字，也是「一片熱血直噴出來」。既然如此，我豈能無動於衷？

而我素所敬仰的李贄在這段文字的後面，連聲讚歎：「好文章！好文章！直令人手舞足蹈！」

李贄的手心裡，汗不比我少；甚至他的腳心裡，都是汗。

而他對三拳打死鎮關西的魯達，更是下了這樣一連串的評語：「仁人、智人、勇人、聖人、神人、菩薩、羅漢、佛！！！」

我的感覺是：魯達的拳頭，打出了我們心中的恨、心中

的怨、心中的冤、心中的仇。

《水滸》，是一個民族集體仇恨的結晶。

我多年前讀李贄，讀魯迅，就感覺出一個現象：在中國這樣的文化傳統和現實中，敏感而有良知的人一定會有精神上的創傷和變態。

《水滸》的作者，就是這樣的一些有精神創傷和精神變態的人。

《水滸》的讀者中，又有多少這樣的人？

請看下面的文字，多麼令人恐懼：何濤奉上司之命帶人來石碣村緝捕晁蓋等人。阮小二提着鋤頭，跳上做公的船上來，「一鋤頭一個，排頭打下去，腦漿也打出來」。

這些做公的，到石碣村來，是上司差遣，是職務行為，與阮小二等人素不相識，無冤無仇，阮小二對他們哪裡來的如此仇恨？

百十來條船上的官兵，被晁蓋等人一把火燒得逃到爛泥地裡，公孫勝手裡明晃晃地拿着一口寶劍，口裡喝道：「休教走了一個！」於是，明晃晃的刀槍和魚鈎，排頭兒搠將來，無移時，都搠死在爛泥地裡。

是甚麼樣的仇恨，讓他們如此殘忍？

金聖歎還在旁邊說風涼話，他說：「鄉間百姓鋤頭，千推不足供公人一飯也，豈意今日一鋤頭已足。」

醫學上有一個詞，叫「帶瘤生存」。同樣，假如一個社會，總是處於一種無序的狀態，總是強者暴弱，眾者欺寡，總是強者制定規則，弱者被動接受，強者通吃，弱者無告；那麼，弱者也就只能壓抑着怒火，帶着滿腔的怨氣，很壓抑地生存。

我把它稱作：「帶氣生存」。

問題是，從個人角度講，氣積壓在心頭，年長日久，越積越多，人的心理也就不正常了。從社會角度講，大面積地「帶氣生存」，大面積地存在有心理問題的人，全社會也就充滿火氣，充滿一股可怕的暴戾之氣。

這種火氣，曾經燒掉過阿房宮，曾經讓「內庫燒為錦繡灰」。

這暴戾之氣，曾經在「天街踏盡公卿骨」。

多年前，我讀十六國歷史，看到石勒凡俘獲二千石以上晉官，除去極少確實不貪污的，一律就地處決；攻入城池，肆意破壞劫殺。我就知道，這不是一個「殘暴」的道德標籤就可以說清的問題。

殷天錫毆死柴皇城。柴進說，「我家放着有護持聖旨，……放着明明的條例，和他打官司。」

李逵說：「條例，條例，若還依得，天下不亂了！我只是前打後商量。那廝若還去告，和那鳥官一发都砍了！」

結果李逵還真是把那殷天錫和烏官高廉一起砍了。

這倒真的怪不得李逵。因為他已經給出了警告：只要條例還依得，就不砍你。

可惜條例依不得了。

一個社會，假如不能做到完全不讓人生氣，那就要盡量能讓人消氣，給人消氣的渠道。比如，有一些條例，而且，這些條例還能依得。不然，這天下，就充斥着石勒、李逵這樣動不動就「排頭砍去」，大叫「吃我殺得快活」的殺星了。

康乾盛世，康熙乾隆皇帝的盛世

　　《水滸》中寫宋江被刺配江州，路過梁山泊時吳用給他一封信，說是他有一個至愛相交、仗義疏財的朋友，名叫戴宗，做着江州兩院押牢節級，宋江此去，可以有個照應。

　　宋江到了江州，十來天後，這個仗義疏財的戴宗來了。

　　來了，怒不可遏。在點視廳上大發作，對着宋江罵道：「你這黑矮殺才，倚仗誰的勢要，不送常例錢來與我？」

　　宋江手裡有吳用的信，心中有底，不怕他，倒有心捉弄捉弄他，便說：「『人情人情，在人情願。』你如何逼取人財？好小哉相！」

　　戴宗大怒，拿起訊棍，便奔來打宋江。

宋江説道：「節級，你要打我，我得何罪？」

戴宗大喝道：「你這賊配軍，是我手裡行貨，輕咳嗽便是罪過。」

宋江道：「你便尋我過失，也不到得該死。」

戴宗怒道：「你説不該死，我要結果你也不難，只似打殺一個蒼蠅。」

原來，生活在大宋王朝的子民，不過都是權勢者手裡的行貨，輕咳嗽便是罪，弄死也不過似弄死一隻蒼蠅。

這是小説，虛構的，有人會這樣説。

那我們看一篇非虛構而寫實的作品——方苞的《獄中雜記》，那寫的是康熙年間監獄的黑暗。

方苞在戴名世案中被牽連，於康熙五十年（公元 1711 年）被逮捕。開始下江寧獄，不久解往京師，下刑部獄。《獄中雜記》記的就是他在刑部監獄的所見所聞。

刑部十四司正副司長以及掌理文書的小吏、獄官、小卒，都把犯人看作他們手裡的行貨，越多越好。於是，稍有牽連的人，一定千方百計拘捕到。投入監獄後，不問有罪無罪，一定先戴上手銬腳鐐，關進老監，使他們痛苦不堪，死者相枕藉。然後勸誘他們拿錢，放他遷出獄外。中產以上的家庭，往往破家取保；次一等的人家，祈求脫掉鐐銬，住到監獄外的板屋，也得化費數十兩銀子；實在拿不出錢的，就被銬

得很緊，關在老監裡掙命，以作為不合作的樣板來警告其餘的犯人。

這是對活人。對死人他們竟然也要敲詐。如果犯人被處以凌遲，劊子手就說：「滿足我的條件，就先刺心；否則，就先砍去你的四肢，心還不死。」對處以絞刑的，就說：「滿足我的條件，一絞就死；否則，三絞三放再加上別的刑具，然後才讓你死。」斬首的無法要挾，也要把砍下的人頭作抵押品，逼家屬交錢。因此，有錢的用數十兩、上百兩銀子作賄賂，貧窮的也要賣光衣物；窮得一點錢都沒有的，就按以上所說的處置。

掌管捆綁犯人的差役也有生錢之道。如果犯人不給他們賄賂，捆綁時就先折斷犯人的筋骨。即使幸而不死，也得病上幾個月才痊癒，有的竟成了終生殘疾。

甚至，奸詐之徒入獄久了，與獄吏勾結，也能賺大錢。有個姓李的，因殺人下獄，在獄中竟然每年可以弄到數百兩銀子。康熙四十八年，因大赦出獄，在外住了幾個月，寂寞無聊。他有個同鄉殺了人，他趕緊替此人承擔了罪名，再到監獄中來過他的幸福生活。康熙五十一年，又遇大赦，李某歎息說：「我再也不能進這監獄了！」

現在，很多人動輒「康乾盛世」甚麼的。

不但有作家連篇累牘地寫《康熙大帝》《乾隆皇帝》《雍

正皇帝》，大有肝腦塗地死而後已的味道，而且還有學者考證出了康乾時代我們的 GDP 佔世界多少等等，他們為甚麼就不看看小民在那個時代如何被人踐踏？

我一直就不相信在中國封建時代，還有甚麼時代是小民的盛世。

說是康乾盛世也對，是康熙皇帝、乾隆皇帝的盛世，是康乾官僚體制中各級官吏以及奸詐不法之徒的盛世，不是小民的盛世。

小民在那樣的時代，只不過是權勢者手裡的「行貨」罷了。

為甚麼我們今天有這麼多缺少基本良知的作家和學者呢？

他們還羨慕那種太平，鼓吹那種太平，他們不知道的是，那種太平，不過是康乾們放心地宴會、咀嚼，乘醉聽簫鼓。而行貨們在極度的痛苦和凌辱中沉默着。

再看看一個域外人眼中的康乾盛世：

「遍地都是驚人的貧困」，「人們衣衫襤褸甚至裸體」，「像叫花子一樣破破爛爛的軍隊」，「我們扔掉的垃圾都被人搶着吃」！

這是馬戛爾尼眼中的康乾盛世。

這樣的盛世，其「太平」的訣竅就是：

「清政府……只知道防止人民智力進步。……當我們每天都在藝術和科學領域前進時，他們實際上正在變成半野蠻人。」

沒有合理的制度，沒有對於普通民眾基本權利和權力的保障體系，沒有對於政府及其各級代理人權力的有效約束，所謂的太平，所謂的強盛，都與人民無關。

讀《水滸》，看人生氣

　　魯達在渭州大街上碰到史進，非常高興，便拉史進去潘家酒樓吃酒，卻在酒樓上聽到一件不平事：操刀屠夫鄭屠強騙金翠蓮，不僅佔有了人家的身子又加以拋棄，還訛詐人家三千貫彩禮錢，逼迫金翠蓮父女每日上街賣唱賺銀子還他。

　　魯達本來喝酒高興，這下不高興了；不但不高興，而且怒火萬丈，當即就要去結果了鄭屠。被史進等拉住後，他和史進掏出銀子加起來十五兩，給了金翠蓮父女，並且告訴他們：明天一早他會去他們的住處安排他們離開，逃出苦海。

　　這時，魯達早已沒有了喝酒的興致，回到下處，到房

裡，晚飯也不吃，氣憤憤地睡了。連主人家都不敢問他。

魯達生氣了。

魯達一生氣，後果很嚴重：金翠蓮父女逃出生天，鎮關西惡霸命喪九泉。

不亦快哉！

山東登州城外有一座山，山上多有豺狼虎豹出來傷人，因此登州知府拘集獵戶，當廳委了杖限文書，限三日內捉捕登州山上大蟲，遲時須受責罰。

登州山下有一家獵戶兄弟，解珍、解寶，父母俱亡，相依為命。弟兄兩個當官受了文書，很是心焦，接連三日晝夜在山上捕捉大蟲。到了第三日，一隻大蟲還真的讓他們的窩弓藥箭射着了，卻又滾到山下毛太公莊後園裡去了。

結果，不但毛太公賴了他們的大蟲，還把他兩個強扭做賊，告他們搶擄家財，解入州裡來。又上上下下使了錢物，早晚間要教包節級牢裡做翻他兩個，結果了性命。

樂和路見不平，卻又獨力難救。只好去給解珍、解寶的表姐顧大嫂送信。顧大嫂聽罷，一片聲叫起苦來。

顧大嫂生氣了。

顧大嫂一生氣，後果很嚴重：殺了包節級，劫了牢，殺了毛太公一門老小，還反了提轄孫立。

不亦快哉！

高唐州知府高廉的妻弟殷天錫聽説柴皇城家宅後有個花園水亭，蓋造得好。就喝令趕柴皇城一家老小出去，他要來住。柴皇城不搬，殷天錫就開打。

　　柴進聽説叔叔被打傷，就帶上李逵趕去。李逵很生氣。柴進勸李逵：

　　「李大哥，你且息怒，沒來由，和他粗鹵做甚麼？」

　　但李逵息不了怒。這怒也有來由。不和他粗鹵又能做甚麼？

　　結果，後果又是很嚴重：殷天錫被李逵搋成一堆爛肉。

　　不亦快哉！

　　還有。

　　李逵大鬧東京後，和燕青回梁山，路上經過劉太公莊上，劉太公告訴他們，梁山上的宋江搶走了自己的女兒。

　　李逵、燕青徑望梁山泊來，直到忠義堂上。宋江見了李逵、燕青回來，還在噓寒問暖，李逵早已睜圓怪眼，拔出大斧，砍倒了杏黃旗，把「替天行道」四個字扯做粉碎。宋江喝斥，李逵拿了雙斧，搶上堂來，徑奔宋江。幸好關勝、林沖、秦明、呼延灼、董平五虎將，慌忙攔住，奪了大斧。

　　這邊宋江大怒，喝道：「這廝又來作怪！你且説我的過失。」李逵氣做一團，哪裡説得出。還是燕青向前説明了原委。

　　宋江委屈自辯，李逵哪裡肯聽，對宋江道：「你若不把女

兒還他時，我早做早殺了你，晚做晚殺了你！」

李逵又生氣了，甚至氣得說不出話來。後果麼，當然很嚴重：差點砍掉了自己的腦袋。

但是，劉太公的女兒獲救了，那兩個冒充宋江強搶民女的歹徒，受到了應有的懲罰。

不亦快哉！

曾讀龍應台女士《中國人，你為甚麼不生氣》，印象極深的是龍應台女士這樣的話：「在台灣，最容易生存的不是蟑螂，而是『壞人』，因為中國人怕事，自私，只要不殺到他床上去，他寧可閉着眼假寐。」

在生活中，我也常常生氣。以至於常常被老婆批評：「別人都沒意見，就你事多！」於是，我就更生氣：為甚麼那些「別人」，面對種種醜陋、不公，總是「沒意見」，不生氣呢？

我在《新說水滸》中，有一段有關「生氣」的議論，大意是，能生氣的人，才有良知；能生氣的民族，才有生氣。網友欣賞的，把這段話掛在網上。竟然有一位網友，留言道：我勸鮑老師還是不要生氣的好，氣大傷身！

他可能是好意，關心我。但是，假如有一天，他自己遭到了不公，他需要不需要別人幫他生氣？

為甚麼總是有人自以為那些不公和邪惡只會傷到別人，而不會傷及自己？

我在講《水滸》時，引用了美國波士頓猶太人大屠殺紀念碑上銘刻的一位叫馬丁・尼莫拉的德國新教牧師撰寫的一段碑文：「當初他們（納粹）殺共產黨，我沒有做聲，因為我不是共產黨；後來他們殺猶太人，我沒有做聲，因為我不是猶太人；再接下來他們殺天主教徒，我仍然保持沉默，因為我不是天主教徒；最後，當他們開始對付我時，已經沒有人為我講話了……」

　　這樣痛徹肺腑的反省，我們為甚麼總有人不願領會，甚至反對別人去領會？

　　龍應台女士說：「在一個法治上軌道的國家裡，人是有權生氣的。」

　　我讀《水滸》時，想到的是：在一個沒有法治和人權的國家裡，人們更有權生氣！

　　當然，這個「有權」，不是指憲法和法律賦予他們的，宋代，整個封建時代，沒有這樣的授權。

　　這個「權」，是道義賦予他們的！

　　讀《水滸》，一大半的快意，就來自看好漢們生氣。

　　而且，我們還能發現，正是因為他們生氣了，他們才成為好漢。

　　今天，時代已經大大進步了。民主了，法治了，為甚麼我們還有那麼多人放棄了生氣的權利了呢？

宋江與女人

宋江平生唯一的女人，就是閻婆惜。

此時宋江三十五六歲，閻婆惜十八九歲，水也似的，宋江一開始也是貓兒纏腥，夜夜一處歇宿。後來，估計是不會風流，功夫欠缺，漸漸就不中了婆惜的意，以至於最後雙方恩斷義絕，你死我活，宋江殺了閻婆惜，逃走江湖。

在清風山上，王矮虎要搶來的清風寨知寨劉高的妻子做壓寨夫人。宋江正要去清風寨投奔副知寨花榮，尋思她丈夫既是和花榮同僚，不救時，明日到那裡，須不好看。就說服王矮虎放了這個女人下山。

他對王矮虎開出的條件是：日後揀一個停當好的，自己

納財進禮，娶一個伏侍他。

　　沒想到，這個被宋江救下的女人，竟然恩將仇報，反而誣陷宋江是清風山的強盜頭子。由此就惹出花榮大鬧清風寨，黃信大鬧青州道，秦明夜走瓦礫場等一系列大戲。

　　為了逼反秦明，宋江在捉住秦明後，設計灌醉秦明，然後派人穿上秦明的衣甲，冒充秦明，引着人馬去佯攻青州城，把城外一個數百人家的村落一把火燒個精光，殺死村民男女老幼不計其數。

　　而秦明一無所知，第二天，秦明趕到青州城，慕容知府在城牆上怒斥秦明背叛朝廷，殺死無辜良民。秦明一頭霧水。慕容知府告訴秦明：「你的妻子，今早已都殺了。你若不信，與你頭看。」

　　軍士用槍將秦明妻子首級挑起在槍上，給秦明看。

　　秦明既驚且怒，又走投無路，被早就等在路口的宋江等人又一次誆上山來。

　　宋江說：「總管息怒，既然沒了夫人，不妨，小人自當與總管做媒。」

　　對別人的滅門慘禍，你看宋江是如何輕描淡寫！

　　妻子被殺，懸頭城門，竟然是「不妨」！

　　為何不妨？

對秦明而言，再娶一個就是！再生幾個就是！

對我宋江而言，再做一次媒而已！

不獨秦明夫妻之情不在考慮之中，就是秦明的妻子，也不過就是毫無自我生命價值的符號，她的生死，唯一的意義就是秦明有無老婆，只要秦明再找到一個老婆，抹去她，不就是塗改一下婚書上的名稱麼！

而且，宋江早就想好對象：「宋江恰知得花知寨有一妹，甚是賢慧，宋江情願主婚，陪備財禮，與總管為室如何？」

接下來，大吹大擂飲酒，這一幫全無心肝的傢伙，還要商議打清風寨。

秦明道：「黃信那人，……和我過的最好。明日我便先去叫開柵門，一席話，說他入夥投降，就取了花知寨寶眷，拿了劉高的潑婦，與仁兄報仇雪恨，作進見之禮如何？」

說白了，打清風寨，就是為了兩個女人：

一是花榮的妹妹，給秦明填房；

二是劉高的老婆，給宋江報仇。

第二天，秦明單槍匹馬去清風寨勸降黃信。黃信果然歸順，連猶豫都沒有。

黃信歸順的直接成果，就是三個女人的命運：

一個女人被殺，一個女人被賣，一個女人死不瞑目。

被殺的是劉高的老婆。宋江恨她入骨，當然是死路一條，好色成性的王英還想收用，卻早被燕順一刀揮為兩截。

被賣的是花榮的妹妹。打下清風寨的次日，宋江和黃信主婚，燕順、王矮虎、鄭天壽做媒說合，這個妹子就嫁與秦明了！

也就是說，這個小姑娘，從告知她要嫁給秦明，到出閣成新娘，只有一天的時間，而且是在經歷了如此大的變故驚魂未定之時！

更糟糕的是，她嫁的人，不僅脾氣暴躁，以霹靂火的綽號聞名，而且，是一個全無心肝的傢伙！

從秦明的原配夫人被殺，到秦明吹吹打打再入洞房，中間不到三天！

此時，秦明原配夫人的頭顱還掛在青州城門上！

她，實際上也是宋江殺死的，而且，還死不瞑目。

秦明在洞房中摟着新媳婦的時候，晚上會不會做噩夢！

秦明沒頭腦，秦明更沒心肝！

一個人，沒頭腦，還可以原諒；沒心肝，簡直是畜生。與這等沒心肝的男人為妻，秦明的原配是可憐的；秦明的繼室，花榮的妹妹是委屈的。並且，更加可憐！

宋江甫出江湖，真是出手不凡，接連做了幾件大事，幾件缺德的大事。

　　宋江，因為殺了一個女人而流落江湖，可是，到了江湖以後，初次出手，不算青州城外那個被宋江燒做瓦礫場的村莊裡被殺的數百男男女女，他竟然又讓兩個女人喪命，一個女人被出賣了幸福，而且，我們要記得，他還預賣了一個給王矮虎！

　　檢點一下宋江一年來的成績：

　　殺了三個女人。

　　賣了一個女人。

　　預賣了一個女人──可憐的扈三娘。

　　這宋江，真是大英雄！

　　一個對女人冷酷無情的大英雄！

　　這樣的人，連施耐庵施大爺都氣不過，在《水滸》裡，藉秦明之口，如此痛罵：

　　「不知是那個天不蓋、地不載、該剮的賊，裝作我去打了城子，壞了百姓人家房屋，殺害良民，倒結果了我一家老小，閃得我如今上天無路，入地無門！我若尋見那人時，直打碎這條狼牙棒便罷！」

　　這是秦明罵宋江，也是作者施耐庵罵宋江，更是我們讀者罵宋江！

誰謀害了一丈青扈三娘？

《水滸》中，宋公明三打祝家莊，我們都記住了祝家莊的慘。其實，扈家莊之慘甚至超過祝家莊：在歸順梁山之後，除了扈成一人逃走外，其餘全部被李逵殺害，如花女兒還被強盜擄走。

從而，扈家莊還要領受另一種羞辱。

扈三娘被林沖活捉，宋江叫人把扈三娘送上山，交給自己的父親宋太公照管。並且迫不及待地讓家破人亡的扈三娘認義宋太公為義父，宋江，這個帶給她滅門慘禍的人，也就成了她的義兄。扈太公死了，宋太公來了。親哥哥逃了，假哥哥頂了。

　　就在一家老小被殺、血跡未乾屍骨未寒的兩日後，宋江作席，請來眾頭領。

　　宋江喚王矮虎來說道：「我當初在清風山時，許下你一頭親事，懸懸掛在心中，不曾完得此願。今日我父親有個女兒，招你為婿。」

　　逼扈三娘認賊作父，還要逼她認賊作夫。

　　在沒有徵求扈三娘意見之前，宋江就將她許給王矮虎了。

　　扈三娘，不過是宋江的戰利品而已，賞給誰，他說了算。

　　宋江對扈三娘說道：「我這兄弟王英雖有武藝，不及賢妹，是我當初曾許下他一頭親事，一向未曾成得，今日賢妹你認義我父親了，眾頭領都是媒人，今朝是個良辰吉日，賢妹與王英結為夫婦。」

　　不是徵求意見，而是宣佈結論。

　　扈三娘會答應嫁給王英嗎？

　　答案一定是：不會。

　　原因太簡單了。

　　第一，扈三娘被逼成親之時，離她一家老小滿門抄斬，最多兩天的時間，梁山泊拉上山來的錢糧財賦，一小半就是在她家殺人越貨來的。此時，就逼着她嫁給仇人，有心肝的人能幹出這樣的事嗎？

　　第二，王英是甚麼貨色啊？好色，無賴，無能，委瑣，

骯髒。而且是扈三娘的手下敗將，是對扈三娘意圖不軌的手下敗將。扈三娘曾經的未婚夫，那可是堂堂儀表、武功一流的祝彪啊。

但是，完全出乎我們的意料，扈三娘竟然答應了！

《水滸》這樣寫：一丈青見宋江義氣深重，推卻不得，兩口兒只得拜謝了。

義氣！

我們都羨慕和讚揚梁山的義氣，卻不知義氣還有着這樣的面孔！

按照封建綱常，她的婚事應該由父兄做主。

她自己的父親扈太公被殺了，現在，她的所謂的「義父」是宋太公。

她自己的大哥被逼逃走江湖，現在，她的所謂的「義兄」是宋江。

現在，她的婚事就必須由這個「義父」「義兄」做主。

「義父」「義兄」做主，眾頭領做媒，大義綱常在此，你能拒絕？

還有江湖義氣。

扈三娘知道，此時，她的那個溫馨的小天地已經被踏平了，現在她置身在江湖之中。

這裡，有這裡的規矩，有這裡的道理。在這個強盜世界裡，有強盜世界的道，盜亦有道，不遵循這樣的道，就不能立足於這樣的世界。

那麼，眾頭領會贊成這樣的婚事嗎？

按我們的想法，答案也一定是：不會。

剛剛殺了人家一家老小，現在又逼迫人家嫁給這樣委瑣無能的小男人，這樣做太沒人性了。

順便說一句，如果不是在梁山這樣封閉的環境裡，梁山好漢中，大多數人都會不齒於王英。你能想像魯智深、林沖、武松、李逵、晁蓋、吳用等等的，在其他場合見到王英，會和他稱兄道弟嗎？

一般人都有這樣的心理，看到太不般配的男女結婚，自然而然都要產生一種反對的心理。

但是，同樣出乎我們的意料——

「晁蓋等眾人皆喜，都稱頌宋公明真乃有德有義之士。當日盡皆筵宴飲酒慶賀。」

這梁山，奉行的是甚麼樣的「德」和「義」呢？

從此以後，扈三娘成了一個木頭人，一個幾乎不說話的人了。整部《水滸》，只有在袁無涯一百二十回本的第五十五回和第九十八回，扈三娘各說了一句話。

在這樣的群體裡，扈三娘內心中的深哀劇痛，能和誰說呢？

　　她身世太慘，冤屈太深，委屈太大，黑幕太重，她無處告訴！

　　《水滸》中的女人，就說話而言，有三類：

　　潘金蓮、潘巧雲說反動的女人話。

　　顧大嫂、孫二娘說正確的男人話。

　　扈三娘呢？既不能說女人話，又不願說男人話，那就只能不說話。

　　《水滸》作者基本不讓扈三娘說話，原因有二：

　　其一，他不知道扈三娘該怎麼說話。所以，寫不出來。

　　其二，他不願意讓扈三娘說那種男人腔，他不想破壞扈三娘美好的形象。這是作者心中對扈三娘隱藏很深的溫情。

　　扈三娘的心死了。

　　是的，潘金蓮、潘巧雲是身死，扈三娘是心死。

　　二潘死於禮，扈三娘「死」於義。

　　二潘死於硬刀子，扈三娘「死」於軟刀子。

潘金蓮的砒霜武松的刀

　　武松出差離開陽谷縣後，潘金蓮與西門慶在王婆的撮合下，勾搭成姦。為了長做夫妻，在王婆的點撥下，用砒霜毒死了武大並火化成灰，企圖把事情做得乾乾淨淨，不露痕跡，瞞天過海。

　　其實，他們根本不需要這樣費心費神，因為，根本沒有人管這事。鄆城縣各級官府對自己眼皮子底下發生的這件駭人聽聞的人命事件根本置若罔聞。

　　好在武大還有一個弟弟武松。

　　武松回來，不到半天時間，他就找到了證人——何九叔和鄆哥，證物——兩塊酥黑的骨頭，一錠十兩銀子，還有一張

紙，寫着火化日期、現場送喪人名字，證實了自己的懷疑：哥哥武大是被害死的。

而且，他還鎖定了嫌疑人──嫂子潘金蓮和西門慶。此時，除了具體的作案細節，案情基本清楚。

這時，武松想到的，是通過法律途徑解決問題。

能這樣想的，是好百姓，是相信政府並尊重政府的好百姓。

如果能讓好百姓實現這樣想法的，就是好社會，好政府。

但是，可惜的是，武松碰到的，不是這樣的社會，不是這樣的政府。

所以，武松也就做不成好百姓。

武松把何九叔、鄆哥一直帶到縣廳上。對知縣說：「小人親兄武大，被西門慶與嫂通姦，下毒藥謀殺性命。這兩個便是證見。要相公做主則個。」

可是，縣令與縣吏都是與西門慶有關係的，西門慶得知武松要告狀，又馬上給他們使了銀子。

拿人錢財，替人消災，於是，縣令和縣吏，對武松打起了官腔。一大堆無比正確且無懈可擊的官腔，武松聽不明白。但武松明白的是：這番官腔的核心就是：不准所告，不予受理。

按説，武松也不是一般平民百姓。他的身份還是很特殊的。

第一，他是縣步兵都頭，相當於今天的縣公安局刑警大隊大隊長。

第二，他剛剛幫知縣辦過一件私密的家事，也算得是知縣的心腹人了。

這樣的人，尚且不能得到法律的保護，不能得到官府的公正對待，一般普通百姓，在這樣的社會得到的待遇，也就可想而知了！

一般人碰到官腔，只有忍氣吞聲。

但是，武松偏偏不是忍氣吞聲的主。

説白了，他此時試圖通過官府解決問題，是他對官府的尊重，是他在給官府面子，是他在給官府機會——是他給官府做好官府，行使權力的機會。

他本來有力量有辦法自己解決問題。

——他有刀。

協商不能解決的，用法。

法度不能解決的，用刀。

可見，官府不作為，會造成極大的社會問題：

無力自己解決問題的，成了無依無靠的順民。

　　有力自己解決問題的，成了無法無天的暴民。

　　順民是國家的累贅。

　　暴民是國家的禍害。

　　一個強大的國家和民族，既不要暴民，也不要順民，要的是：公民。

　　面對知縣的官腔，武松幾乎一點也不要聽，也不給知縣找麻煩，馬上就打了退堂鼓。

　　武松道：「既然相公不准所告，且卻又理會。」

　　毫不糾纏。

　　善打官腔的知縣大約覺得很得意：官腔是戰無不勝的，只要拿出官腔，小民一般馬上就偃旗息鼓，天下馬上太平。

　　但是，他可能沒有注意到，當他用官腔堵住了武松依靠法律解決問題的道路後，武松的身邊，只剩下了一個東西。

　　那就是刀。

　　這就是他「卻又理會」的理會之法。

　　潘金蓮在社會的底層，張大戶這樣的強勢一方強加給她一椿不幸的婚姻，無論是道德、風俗還是法律，都不會給她支持。她哀哀無告。

要不，接受命運；要不，只能用非法手段改變自己命運。

於是，她使用砒霜。

武松要為兄報仇，要為被害死的兄長討還公道，無論是行政，還是法律，也都不會給他主持公道。

要不，忍下這口氣，讓死者沉冤莫雪，讓罪犯逍遙法外。

要不，也只能用非法手段實現正義。

於是，他使用刀子。

潘金蓮的砒霜、武松的刀，是他們犯罪的罪證，更是社會不公官府瀆職的罪證！

有一個非常值得我們反思的現象：我們的傳統文化傾向於肯定復仇。

也就是説，在古代，中國文化肯定復仇，文學歌頌復仇。

《水滸》就是歌頌復仇之作。

實際上，在中國古代文學作品中，大量的對復仇事件津津樂道的描寫，對復仇人物熱烈的情感傾注，其中隱藏着一個極深刻的社會心理：那就是，全社會對法律的無信任，並通過文學作品表現出來。

當法律不能主持正義時，代表着社會良心的文學必然表現出對法律的失望和鄙視。

當西門慶和潘金蓮謀殺武大郎時，法律沉默，官府不作為，於是，人們不再寄希望於法律，不再信任法律，也不會

再遵守和維護法律。

　　而武松這樣的強梁會自行解決問題，用個人復仇來討得被侵犯的公道。

　　此前，武松並沒有殺過人，從殺嫂開始，武松就殺人不眨眼了。

　　一個人，就這樣變成了暴民。

武松的流氓氣

　　武松殺嫂，迭配孟州牢城。中途經過有名的十字坡，進了有名的人肉包子店，碰到了有名的母夜叉孫二娘。那孫二娘雷人得很，上身穿著綠紗衫兒，下面繫一條鮮紅生絹裙，搽一臉胭脂鉛粉，還敞開胸脯，露出桃紅紗主腰。頭上黃烘烘的插着一頭釵鐶，鬢邊又插着些野花。

　　見武松等人來，便倚門迎接，說道：「客官，歇腳了去。本家有好酒、好肉，要點心時，好大饅頭！」

　　施耐庵施大爺的文字開始曖昧起來。

　　而武松呢，剛剛撕開並割破嫂子胸脯的他，面對着孫二娘敞開的大胸，開始耍流氓。

孫二娘去灶上取一籠饅頭來，放在桌子上。

兩個公人拿起來便吃，武松卻取一個拍開，叫道：「酒家，這饅頭是人肉的？是狗肉的？」

那婦人嘻嘻笑道：「我家饅頭，積祖是黃牛的。」

武松道：「我見這饅頭餡肉有幾根毛，一像人小便處的毛一般，以此疑忌。」

對一個陌生的婦人，能說出這種話來的，梁山沒有第二人。

因為，這種話，第一要會說，第二要敢說。

武松在市井長大，會說，不難。

難在敢說。為甚麼難？

因為有兩關：

第一，敢於作踐婦人。

第二，敢於作踐自己。

敢於作踐婦人，對武松，也不難。潘金蓮以後，武松不會敬重任何女人。

敢於作踐自己，讓自己的言行舉止像個流氓，這是大難。

要知道，武松極端自愛，這樣的人，竟然這樣作踐自己，我只能說：武松實現了對自己的「超越」。

接着往下看。

　　見婦人不搭理，武松又問道：「娘子，你家丈夫卻怎地不見？」

　　那婦人道：「我的丈夫出外做客未回。」

　　武松道：「恁地時，你獨自一個須冷落。」

　　這樣的饞涎聲口，比起王英，有過之而無不及。而調戲的技巧，則遠在粗鄙的王英之上。王英只有性，沒有風流。武松有風流，卻並不付之於性。

　　只是，孫二娘哪裡是男人的性對象呢，她是男人的噩夢，不是春夢。她眼中的男人，也不是男人，而是牛肉：胖壯的，是黃牛肉；癯瘦的，是水牛肉。——肉慾倒是肉慾，卻是嘴上的肉慾……她缺少性自覺和性愛好，她不會對男人有性愛的感覺。

　　她去裡面托出一鏇渾色酒來，武松悄悄把酒潑在僻暗處，虛把舌頭來咂，裝成喝了的樣子，兩個公人被麻翻了，武松隨即也仰翻在地。

　　兩個大漢來抬他去後面的剝人間，他挺着，抬不動。他要孫二娘來搬他。

　　施大爺將曖昧進行到底：孫二娘脫去了綠紗衫兒，解下了紅絹裙子，赤膊着，便來把武松輕輕提將起來。真好孫二娘！

　　武松呢，就勢抱住孫二娘，把兩隻手一拘拘將攏來，當胸前摟住，卻把兩隻腿往孫二娘下半截只一挾，壓在孫二娘身上。真好武二爺！

孫二娘殺豬也似叫將起來。

武二爺和孫二娘，天造地設，一對「二」男女。

武松打虎，憑力氣。

武松殺嫂，憑正氣。

武松制服孫二娘，憑流氓氣。

武松要去打蔣門神，在大樹下見到蔣門神，他卻又不打，放過去了。蔣門神的店裡，櫃台裡坐着一個年紀小的婦人，正是蔣門神初來孟州新娶的妾。這小婦人生得俊：眉橫翠岫，眼露秋波。櫻桃口淺暈微紅，春筍手輕舒嫩玉。

武松看了，瞅着醉眼，徑奔入酒店裡來，便去櫃台相對的座位上坐了。把雙手按着桌子上，不轉眼看那婦人。

我們已經知道：武松特別善於調戲婦女。

他的這種功夫，乃是家傳：教會他的，就是他的嫂子潘金蓮。

潘金蓮的好處是教會了武松如何調情。

潘金蓮的不好是讓武松從此以後不會尊重女人。

那婦人瞧見武松不懷好意、色眯眯的眼神一直看着她，她只好回轉頭看別處。

武松便對着店中的店員道：「過賣（舊稱飯館、茶館、酒店中的店員），叫你櫃上那婦人下來相伴我吃酒。」

武松今天是鐵了心要擺出一副「我是流氓我怕誰」的架勢了。

這種語言，魯智深説不出，林沖説不出，李逵也説不出。

魯智深説不出，是天性中的高貴使他無法這樣貶低自己。

林沖説不出，是家庭的教養使他不能這樣糟踐自己。

李逵説不出，是根本不懂男女風情。

那婦人大怒，罵道：「殺才！該死的賊！」

婦人一直忍到現在，這時卻不能不罵了。

不罵，她成了啥了？

但一罵，她就上了武松的當了。

武松早就等着這一聲，便把那桶酒只一潑，潑在地上，搶入櫃身子裡，一手接住腰胯，一手揪住雲髻，隔櫃身子提將出來望渾酒缸裡只一丟。撲嗵的一聲響，可憐這婦人被直丟在大酒缸裡。

頭臉都跌破了，在酒缸裡掙扎不起。

然後，武松大戰聞訊趕來的蔣門神，大獲全勝。可是，總覺得他前面，勝之不武。

事實上，武松一生的功業，除了打虎，都和殺女人、欺辱女人有關。那景陽岡上的老虎，説不定也是母老虎。

這樣概括武松，有些讓武松的業績失色。——沒辦法啊，他在《水滸》裡，就是一個專門讓花容失色的人啊。

武松的下流話

　　我看《水滸》，評價《水滸》人物，特別佩服的人是金聖歎。但是，偏有一處和金聖歎正相反。金聖歎覺得武松是天人，一百零八人中排第一。我呢，是橫豎覺得武松不及魯智深。

　　只是，那是一種直覺，一直不知道二人到底差在哪裡。

　　後來終於明白了：魯智深總是搭救女人，武松總是欺負女人。

　　魯智深次次救的，都是女人，或是和女人有關的人，從金翠蓮到劉小姐到林沖老婆，直至為救玉嬌枝而身陷囹圄。

　　武松次次打的，都有女人，從嫂子潘金蓮到孫二娘到蔣

門神小老婆。

　　下面，還有更多的女人被他辣手摧花。

　　張團練替蔣門神報仇，買囑張都監，設出一條計策陷害武松，誣陷他做賊，一定要害他性命。

　　好在有施恩父子相救，在飛雲浦殺掉押送他的兩個差役和兩個蔣門神徒弟。武松沉吟半晌，總覺得不殺張團練張都監和蔣門神，一口惡氣難消，便反身入城。入得城來，進入張都監家。

　　在廚房裡，只見兩個丫鬟，正在那湯罐邊埋怨張團練、蔣門神，按說她們不僅無辜甚至怨恨張團練和蔣門神，武松卻倚了朴刀，掣出腰裡那口帶血刀來。把門一推，「呀」地推開門，搶入來，先把一個女使頭髮揪住，一刀殺了。那一個卻待要走，兩隻腳一似釘住了的，再要叫時，口裡又似啞了的，端的是驚得呆了。施耐庵到此，還自家站出來評價道：「休道是兩個丫鬟，便是說話的見了，也驚得口裡半舌不展。」武松手起一刀，也殺了。兩個小丫頭，一聲未吭，橫屍燈影。

　　然後武松又徑踅到鴛鴦樓，殺了張都監、張團練和蔣門神，按說，冤仇已報，可是，下得樓來，看見張都監夫人，夫人見條大漢入來，兀自問道：「是誰？」武松的刀早飛起，劈面門剁著，倒在房前聲喚。

　　武松按住，將去割時，刀切頭不入。武松心疑，就月光

下看那刀時，已自都砍缺了。武松道：「可知割不下頭來！」便抽身去後門外拿取朴刀，丟了缺刀，復翻身再入樓下來。只見燈明，前番那個唱曲兒的養娘玉蘭，引着兩個小的，把燈照見夫人被殺死在地下，方才叫得一聲：「苦也！」武松握着朴刀，向玉蘭心窩裡搠着。兩個小的，亦被武松搠死，一朴刀一個結果了。

還不住手，又走出中堂，再尋出兩三個婦女，也都搠死了在房裡。

武松道：「我方才心滿意足，走了罷休！」

這一瞬間，武松殺了九個女人。

其中最多兩個與他的冤屈有些瓜葛：夫人和玉蘭。其他七個全是濫殺，而且，都是十幾歲的小姑娘。

多少觀眾和讀者不容我說武松一句的不是，難道他們真的認為這些十幾歲的小姑娘都該死？！都應該為了成全大英雄的名聲而死？

武松殺人後，逃到張青家，打扮成頭陀，繼續逃命，逃到白虎山一家酒店裡，要酒要肉。

幾碗酒下肚，又被朔風一吹，酒卻湧上。武松幾次三番要店家賣肉給他吃，店家幾次三番告訴他店裡沒肉了。

正在這時，只見外面走入一條大漢，引着三四個人入進店裡。店主人捧出一樽青花甕酒來，又去廚下把盤子托出一

對熟雞、一大盤精肉來放在那漢面前。

武松一看，恨不得一拳打碎了那桌子，大叫道：「主人家！你來！你這廝好欺負客人！」店主人連忙來解釋道：「青花甕酒和雞肉都是那二郎家裡自將來的，只借我店裡坐地吃酒。」

武松心中要吃，哪裡聽他分說，一片聲喝道：「放屁！放屁！」

跳起身來，叉開五指，望店主人臉上只一掌，把那店主人打個踉蹌，直撞過那邊去，半邊臉都腫了，半日掙扎不起。

那對席的大漢見了，大怒，指定武松道：「你這個鳥頭陀好不依本分，卻怎地便動手動腳！卻不道是『出家人勿起嗔心』！」

武松道：「我自打他，干你甚事！」

完了，這句話一出口，武松的形象就完了。

這句話直接否定了他自己標榜過的「路見不平拔刀相助」。

路上見到的不平，不就是不關自己的事？

如果照這樣的理論，鎮關西欺負金翠蓮，小霸王強娶劉小姐，高太尉陷害林教頭，他們都可以對着「管閒事」的魯智深大喝一聲：「我自害他，干你甚事？！」

殷天錫打死柴皇城，再打柴進，疑似宋江搶走劉太公女兒，他們也可以對着李逵大喝一聲：干你甚事？！

一部《水滸》，被武松這八個字，抹殺了。

梁山大旗上的四個字「替天行道」，被武松這八個字，抹黑了。

我們知道，武松在調戲孫二娘和蔣門神的小老婆的時候，說過很多的下流話。

而此時說出來的這八個字，是更加下流的下流話。

這樣的下流話，那麼多人在說。

殺人者以此為天理，軟弱者以此為躲避。

性愛保護道德

　　作家劉震雲在博客上有一篇文章,《西門慶和潘金蓮的啟示》,這文章的題目就好,這兩個早在幾百年前就被武松殺了的姦夫淫婦,到現在還能對我們有啟示,也算是死得其所,而且「不朽」。

　　其實,「不朽」活在我們心中的還有武大郎。潘金蓮給他灌下砒霜,然後騎在他的身上把他捂死的一瞬間,他就在歷史上「永生」了。

　　細讀劉震雲的文章,其實題目應該叫《武大郎和潘金蓮的啟示》,這樣更貼切,他小說《一句頂一萬句》中的主人

公，也不是西門慶式的人物，搞了別人的老婆；而是武大郎式的人物，老婆被別人搞了。不是給別人戴綠帽子，而是讓別人給自己戴了綠帽子。

我這樣一說，誰誰誰給誰誰誰戴了綠帽子，就顯得沒文化了——劉震雲說：「自己的綠帽子，原來是自個兒縫製的。」這才是有文化的話。甚麼叫有文化？能反思自我。

其實，劉震雲說出這樣的名言，是得益於武大郎，是武大郎用生命和一頂曠古及今最大的綠帽子換來的教訓，而不是西門慶的偷情經驗。但劉震雲的文章題目偏偏叫《西門慶和潘金蓮的啟示》，而不是《武大郎和潘金蓮的啟示》，把武大郎的功勞給了西門慶了。好像在潘金蓮的枕頭邊，有意無意地，他放上了西門慶，而合法的丈夫則被推下床去了。——劉震雲選擇題目就像潘金蓮選擇男人：願意與西門慶攜手並肩，哪怕遺臭萬年；不願意與武大郎委屈相就，不惜謀殺親夫。看來，古代的淫婦和今天的作家，都更喜歡西門慶。

我在央視「百家講壇」講《水滸》時，對武大做了比較全面而客觀的評價，武大醜陋矮小、委瑣、懦弱，但武大善良、本分，恪守做人的基本規則，對家人，對鄰里，都一片真誠。

武松對嫂子說：「我哥哥從來本分，不似武二撒潑。」豈料潘金蓮回答說：「怎地這般顛倒說？常言道『人無剛骨，安身不守』，奴家平生快性，看不得這般三答不回頭，四答和身

轉的人。」到底誰顛倒了說？武二說的是：我哥哥是個好人。潘金蓮說的是：男人不壞，女人不愛。

這話現在據說已經被科學證實了，據 2008 年 12 月 4 日《中國時報》報道，美國最新研究印證了「男人不壞女人不愛」這句名言。

由美國新墨西哥州立大學強納森教授主持的這項研究，針對兩百名大學生的三種壞男人特質做了深入人格測驗。結果顯示，黑暗性格，心理學所謂的「黑暗三性格」（darktriad）是：自我中心（自戀者）、熱愛冒險刺激且心狠手辣（心理變態者）、善於撒謊喜將人玩弄於股掌（權謀者）。分數越高的男子，女人緣越好，且偏愛短暫的露水關係。

伊利諾州布拉德雷大學進行的另一個研究，對象擴及五十七國、三萬五千人，也發現壞男人較能贏得女性青睞。研究主持人史密特教授說：「黑暗性格分數越高的男人，越會逢場作戲、短暫談愛，放諸四海皆然，不受文化或國家限制。」

所以，你要通過證明武大是個好人來說服潘金蓮愛他，潘金蓮撇嘴不屑，更何況愛與不愛與道理無關，甚至與道德無關呢。弗洛伊德說，女人有性愛即有一切，未必全對；但無性愛即一切都不是，卻是事實。

同樣，你要通過道德判斷來決定女人愛哪一個，女人們心中也會大不以為然，只不過她們出於對道德的尊重，不會

公開反對。這是她們的修養好，給道德留面子，道德可不能給鼻子上臉，以為自己由此就可以主宰女人的感情。如果由此惹來女人的唾棄。那可就不是女人的錯了。

潘金蓮豈不知道西門慶是個壞人，但這個壞人卻能給她武大沒有的感受——這樣說你可能不服，你可能委屈，但武大被淘汰了。我們再隨西門大郎到《金瓶梅》中看一看，李瓶兒在給花子虛做老婆的時候，是何等不守婦道的潑婦？但她一嫁西門慶，卻無比賢惠起來，堪稱德婦。你道個中奧妙何在？——因為西門慶給了她性的滿足。

可見，不是道德能保護婚姻，而是令人滿意的性愛可以保護道德。

你可以不服，你可以委屈，但你千萬不要被淘汰。

我只是實話實說。你若以為我胡說，甚至跟我較上了勁，我勸你回頭看好你的後院，不要讓它在你疏於管理的時候，起火。

林沖怕着我們的怕

　　嶽廟前，林沖娘子被高衙內攔住，要她上樓去，欲行不軌。

　　林沖接到錦兒的告急，趕過去，從後面扳過那人，大喝一聲：「調戲良人妻子當得何罪？」

　　舉拳便要打。

　　但是，扳過來，看清了，卻先自手軟了——因為他認出了這人乃是高衙內，是他頂頭上司的養子。

　　反而是高衙內對他大喝一聲：林沖！干你甚事，你來多管！

　　於是林沖只是領着自己的妻子和錦兒悶悶不樂走開了事。

魯智深提着鐵禪杖趕來，要幫他廝打。林沖趕緊勸阻：「原來是本管高太尉的衙內，不認得荊婦，時間無禮。林沖本待要痛打那廝一頓，太尉面上須不好看。自古道：『不怕官，只怕管。』林沖不合吃着他的請受，權且讓他這一次。」

這段話有三層含義。

第一，非禮他娘子的不是一般人，而是頂頭上司的養子。我怕。

第二，本來要打那廝一頓，但我在他老子手下吃飯，歸他管，只好讓他一次。我忍。

第三，這小子不認得我的老婆，所以才一時無禮。如果認得，也不會。我理解。

還有一層意思是：後果不嚴重，一場誤會而已，你也別生氣。

你看，這種事，本來應該是魯智深勸林沖不要生氣衝動，反而讓林沖來勸魯智深息事寧人。

那幾天，林沖很悶，很想上街，找人喝喝酒，散散心，但是，就是不願找魯智深。

這時，陸虞候來叫他，他馬上就和陸虞候一起上街喝酒去了，而且，還吐露胸襟，吐露鬱悶：

「男子漢空有一身本事，不遇明主，屈沈在小人之下，受這般腌臢的氣！」

可見，林沖也知道高太尉是個甚麼貨色。但是，他卻一直敬着他，奉承着他，找機會親近他，當面一口一聲「恩相」叫着他。

為甚麼？

因為怕。

他在這兒把陸虞候當哥們，披肝瀝膽，哪裡知道陸虞候是來調虎離山的，這邊陸虞候騙出林沖，那邊富安就騙出林沖娘子，關在陸虞候家，由高衙內糾纏調戲欲行不軌。

錦兒報信，林沖趕去。聽到關緊的房門內高衙內正在糾纏妻子。

林沖立在樓梯上，叫道：「大嫂開門！」娘子來開門，高衙內推開窗子跳牆跑了。

林沖把陸虞候家打得粉碎，將娘子下樓；出得門外看時，鄰舍兩邊都閉了門。女使錦兒接着，三個人一處歸家去了。

這一段敍述裡，有些細節頗值得我們推敲。

首先當然是林沖的行為，聽到自己的娘子被人關在房裡調戲，是個男人都會怒髮衝冠，不顧一切打將入去，但林沖此時卻很「穩重」地站立在樓梯上，叫老婆來開門，而不是打爛門自己闖進去，太沉得住氣，也太「文明」了。

可是接下來他又把陸虞候家打得粉碎。這不由得人不疑竇叢生：他為甚麼在高衙內還在時，不一腳踹開門衝進去痛揍他一頓？

還是一個字——「怕」。

既不敢痛打高衙內一頓，就不能衝進去。既不能衝進去，他就只好「立」在樓梯上，大喊妻子開門。大喊妻子開門，就是給高衙內時間，讓他逃走，免得兩人撞上，打又不是，不打又不是。

林沖一生，總是「不敢」。我做了一個粗略統計：從第七回到第十二回，這寫林沖的六回裡，寫到林沖「不敢」的，就有六次，其他：

怎敢，一次；

如何敢，三次；

哪裡敢，兩次；

豈敢，一次；

敢道怎地，一次。

加起來，有十四次之多。

我這裡不是在說林沖屃頭懦弱無骨氣。其實，誰又不怕呢？

我們看看當時的一般人。

　　林沖「將娘子下樓，出得門外看時，鄰舍兩邊都閉了門。女使錦兒接着，三個人一處歸家去了」。

　　這看似閒筆，卻頗有意味。蓋此事已鬧得沸沸揚揚，人人皆知。可是鄰舍都閉了門。作者正是要通過寫鄰舍都閉了門，來寫人人皆知此事。都知此事，卻又為何都閉了門？那是大家都不想惹事。

　　一開始，林沖娘子被關，錦兒一定沿途呼救。這時，他們若大門洞開，他們管還是不管？

　　不管，實在説不過去。

　　管，這可是花花太歲高衙內的事，能管嗎？自己有幾個腦袋？

　　於是，關上門，閉上眼，就當沒看見，自欺欺人。

　　於是，林沖娘子被關，林沖會不會就此做了烏龜再説，兩邊鄰舍倒先一個個都做了烏龜。甚麼烏龜？縮頭烏龜啊。沒有一個見義勇為出手相救的，沒有一個路見不平拔刀相助的。為甚麼？

　　還是怕啊。

　　於是，東京大街上，就出現了這樣情景：青天白日，卻陰森可怕，街衢寬闊，卻空無一人。林沖一家三口，孤零零走過。

這樣的大街，是否會讓人感受到徹骨的寒意？

《水滸》寫出了林沖的怕，寫出了林沖同時代的人的怕。

李逵的殺氣和社會的戾氣

　　李逵路遇打劫的李鬼，被李鬼的鬼話所騙，不但不殺他，反而送他銀子，讓他改做正當行業，改邪歸正。但是，一轉眼，這李鬼夫婦竟然要謀害李逵。李逵發覺，劈頭揪住李鬼，按翻在地，身邊掣出腰刀，早割下頭來。

　　又去李鬼腿上割下兩塊肉來，洗淨了，灶裡抓些炭火來便燒。一面燒，一面吃。

　　《水滸傳》裡，一再寫到吃人肉的情節，並且還特別故意寫得非常輕鬆，非常自然，好像極其常見，從而毫無芥蒂。

　　一個禮儀之邦，怎麼會有這樣公然渲染吃人肉的作品呢？

首先，這有事實依據。每次遇到大的社會動亂和饑荒，「人相食」的記載在歷代正史和野史筆記中比比皆是。《水滸傳》產生的年代——元明易代之時，就是一個特別嚴重的時期。元人陶宗儀所著的《南村輟耕錄》，就記錄了朱元璋的「淮右之軍」吃人的事實：「天下兵甲方殷，而淮右之軍嗜食人……」注意，是「嗜食人」，吃上癮了。

　　更重要的是，在權力社會裡，中國的民間，實際上處於長期的壓抑狀態，太多的人受損害被侮辱，而且無處申訴，從而人人內心都積壓着太多的怨氣。

　　我把這種生存狀態稱為「帶氣生存」，在大多數人的生存狀態都是「帶氣生存」的情況下，全社會都充斥着一股可怕的暴戾之氣。一個社會不可能讓人人不受委屈，但是，要給委屈人一個說理的地方。如果沒有說理的地方，那就逼得人們不去「說理」，而是付諸暴力了。

　　所以，《水滸》中一再出現的吃人肉情節，是作者內心壓抑的表現，更是全社會壓抑心理的非理性釋放。專制使人變態，專制使人暴戾，專制使人選擇暴力並讚賞暴力，《水滸》的這種描寫，是《水滸》作者以及更為廣泛的讀者集體變態心理的表現，是權力社會的真實圖景。

　　馬克思說：「君主政體的原則總的來說是輕視人，蔑視人，使人不成其為人。」「專制制度必然具有獸性，並且和人

性是不相容的，獸的關係只能靠獸性來維持。」（《馬克思恩格斯全集》第一卷，第 411、414 頁）

專制政體及其對人性的獸性化改造，是《水滸傳》中人的獸性大發作的根本原因。

《水滸》「暴力美學」的代表人物，就是李逵。

李逵一家一直生活在社會的最底層，而且，除了感受到貧困、壓迫、凌辱和歧視，從來沒有得到過社會的溫暖。

我以前在講武松的時候，說到，在封建社會，只有兩種人：良民（順民）和暴民。

在武松家裡，武大是良民，武松是暴民。

在李逵家裡，李逵是暴民，李逵母親和大哥李達是良民。

問題在於，良民在這個社會裡，得到了甚麼？

武大被害了。李逵母親窮困潦倒，眼睛哭瞎了，最後還被老虎吃了。

李達呢？確實算得上是「良民」，甚至配合官府捉拿兄弟，但是，官府對他大哥的報答卻是叫他「披枷戴鎖，受了萬千的苦」。

暴民乃是良民變的，是甚麼力量讓良民變成了暴民？這是我們今天讀《水滸》需要思考的。

李逵殺人，有六大特點。

第一，殺得快。

李逵殺人，簡直令人目不暇接。他綽號「黑旋風」，就是指他殺起人來如同一陣旋風。

第二，殺得多。

江州劫法場一役，被殺死的軍民達五百多人，這裡有不少就是李逵板斧下的冤魂。

在沂水縣，被他殺掉的人，李鬼老婆、里正、曹太公三人，三十多個土兵，外加一批獵戶，人數至少四十個之多。

三打祝家莊，殺扈太公一門男女老小，有多少人口？我們可以做一個類推。宋江大破無為軍時，殺了黃文炳一家老小四五十口。扈太公家裡應該與此不相上下。

第三，誰擋我路我殺誰。這是典型的強盜邏輯。而這，也正是權力邏輯。

殺羅真人就是這樣的邏輯。

第四，不分青紅皂白，濫殺無辜。在上述李逵殺掉的人裡面，大多數都是無辜的。

第五，殺得毫不愧疚，毫不心軟。

李逵殺完扈家莊男女老幼之後，直到宋江面前請功。

宋江將他功過相抵，他笑道：「雖然沒了功勞，也吃我殺得快活。」

連功勞都不要，更不在乎，殺人本身就是快活，讓我殺人就是獎賞。

第六，他殺人極其殘忍。

　　宋江、吳用要逼朱仝上山。派李逵去殺害小衙內。李逵在小衙內的嘴上抹上了蒙汗藥，然後一直抱到城外樹林裡，在僻靜無人之處，一板斧把孩子的頭劈作兩半個！

　　悲哀的是，李逵的這六個「暴力」特點，其實正是權力社會裡的「權力」特點！

　　有一個很沉重的問題，那就是《水滸》的批注者李贄、金聖歎對梁山好漢的濫殺無辜往往缺乏判斷力，尤其是金聖歎。金聖歎在李逵殺曹太公、李鬼老婆、里正、眾位獵戶、三十來個土兵下面，連續批了五個「殺得好」！

　　這可以證明我前面說的話：《水滸》的作者和很多讀者，包括金聖歎，都是有嚴重的心理變態的。而引起這樣大面積的心理變態的，是權力社會。

魯達的慈悲

　　史進大鬧史家村，毀家紓難，去關西經略府尋找他的師父王進。行了半月之上，來到渭州，打問師父行蹤時，卻碰到魯達。魯達見史進長大魁偉，像條好漢，也走過來與他施禮。

　　史進初出道，江湖上的事情知道得少，對魯達，他並未聽聞過。但兩人一通姓名，魯達卻竟然知道「史家村甚麼九紋龍史大郎」，這位三十五六歲的，頗有人生閱歷與傲人資本的魯達，竟有些誇張地說史進這個十八九歲的小兄弟：「聞名不如見面，見面勝似聞名！」讓年少的英雄陡增自信，這是史進初涉江湖感受到的第一縷陽光般的溫暖與賞識。

魯達是有法眼的，能一眼識出英雄。

而且他能體察英雄的緩急。他知道，此時的史進，找師父不見，心裡一定是惶恐慌張沒有着落的，所以，雖然是偶遇，且是初次見面，魯達表現出了十足的親熱：他挽了史進的手，「多聞你的好名字，你且和我上街去吃杯酒」。

一個魯達一杯酒，渭州，對於史進來說，就不再是陌生冷淡之地，而是熟悉溫暖之鄉。

去酒樓途中，又碰到了史進的開手師父打虎將李忠，大家一起到了潘家酒樓。一開始，結識新朋友，大家喝得高興，談興也濃。但是，喝着喝着，就出事了。

原來，這邊他們正喝到高興處，卻聽見隔壁有人「哽哽咽咽啼哭」。

魯達很焦躁，「便把碟兒盞兒都丟在樓板上」。

酒保趕緊上來。抄手道：「官人，要甚東西，分付賣來。」

魯達道：「洒家要甚麼？你也須認得洒家，卻恁地教甚麼人在間壁吱吱的哭，攪俺弟兄們吃酒？洒家須不曾少了你酒錢！」

余象斗在此節下點評道：「智深聞哭便問店主，則心有憐宥之意，非因焦躁，實恐中有冤屈。」

仔細琢磨，這幾句責怪酒保的話裡，我們可以發現兩個問題：

第一，魯達責怪酒保很是無理。有人在隔壁哭，怎見得就是酒保「教」的？無端責怪酒保，就是要讓酒保作詳細解釋。可見魯達確實是擔心有甚麼冤屈，要讓酒保來說個端詳。

第二，退一步說，就算魯達要責怪酒保，最簡單的方法是，不問甚麼三七二十一，叫酒保去趕走那哭的人即是。剛才，他要拉李忠一起吃酒，李忠卻要等賣完了藥，他一焦躁，不僅罵李忠，還把那些圍住李忠看的人一推一跤，罵道：「這廝們夾着屁眼撒開！不去的洒家便打！」可見魯達並非婆婆媽媽之人。

或者更乾脆：無須叫酒保，自己對着隔壁大喝一聲，讓他們安靜即可。

或者像李逵，在江州酒樓上吃酒，嫌唱的小妞打攪了他的談興，給她三個手指，把她打昏即是。

但魯達偏曲曲折折委屈一番酒保，再耐心地聽酒保一番解釋。他一定是在那哽哽咽咽的啼哭中，聽出了裡面無處申訴的冤屈。

果然，當酒保說出這是賣唱的父女兩人「一時間自苦了啼哭」時，魯達便道：「可是作怪！你與我喚得他來！」

對攪了他的興致的啼哭者，他說的話不是：「你與我趕得他去！」而是「喚得他來！」慈悲與冷漠，就在這一線間。

魯達喚來了金翠蓮父女，剛才那麼焦躁的魯達，此時幾

乎是溫存地詢問了兩個問題：

你兩個是哪裡人家？

為甚啼哭？

在這兩個問題中，如果說與他魯達有關，也只是後一個問題。而金老父女是哪裡人家，真是與他無關。甚麼叫關心？就是把於己無關的事掛在心上。

金老父女便把如何受鎮關西欺辱之事和盤托出。

當然，這是別人的事。他完全可以袖手旁觀。——實際上，觀都不必，他可以閉上眼，做他的提轄，每日到茶館品他的茶，到酒樓喝他的酒，和他的新朋老友，較量槍法，談天說地，說些大快人心的事。

大多數人不都這樣做的嗎？

他完全可以揮揮手，讓這對父女走開，轉過身來，繼續和朋友喝酒。

但是，他接下來問了金翠蓮父女四個問題：

你姓甚麼？

在哪個客店裡歇？

哪個鎮關西鄭大官人？

在哪裡住？

前兩個問題關心眼前的這兩個可憐人，他放不下。

後兩個問題打聽所說的那個可恨人，他放不過。

果然，當他得知了這個所謂的鄭大官人就是那個「投托着俺小種經略相公門下做個肉舖戶」的鄭屠，肉舖就在狀元橋下時，他對史進、李忠説：「你兩個且在這裡，等洒家去打死了那廝便來！」

甚麼是慈悲？

魯達邀史進吃酒時；聽隔壁哭聲打問時；聽説隔壁「自苦了哭」便「喚得他來」時；「喚得他來」後問「你是哪裡人家？為甚啼哭」時；知道原委後，馬上就要去狀元橋「打死了那廝」時！

李忠的境界

　　魯達在渭州碰見來尋師父的史進，出於對少年英雄的欽敬，馬上請他上街去吃杯酒。

　　在街上，卻看見一群人圍着看。分開眾人看時，竟然是史進的開手師父打虎將李忠，他正在那裡耍槍弄棒賣膏藥！

　　史進驚叫：「師父，你怎麼在這裡！」

　　魯達大手一揮，道：「既是史大郎的師父，也和俺去吃三杯。」

　　顯然，魯達邀請李忠，並不是看上了李忠，而是因為他是史大郎的師父，看在史進的面子上，給李忠一個面子。

　　但這李忠一心只在賣膏藥上，他要讓魯達史進等他賣了

膏藥，討了回錢，再去吃酒。

魯達道：「誰奈煩等你？去便同去！」

李忠央求道：「小人的衣飯，無計奈何。」

又退一步：

「提轄先行，小人便尋將來。」

又關照史進：「賢弟，你和提轄先行一步。」

總之，他是捨不得那些看客的賞錢。

史進萬貫家財，一時拋卻，流浪江湖，毫不在意。史進
的捨得和李忠的捨不得，比較出來了。

為甚麼史進捨得，李忠捨不得？

當然有天賦的氣質在。但是，生活本身對人的塑造亦不
可不警醒。

李忠此時的年齡，與魯達不相上下，約在三十四五
之間，還在街上耍槍棒，賣狗皮膏藥，實在是沒有甚麼出
息。——沒出息的不是他的貧寒狀態，而是他的生活方式。大
丈夫有緩急之時，有顛沛之境，當然可以一時委曲求全，低
頭檐下。但是，萬不可使這種一時之計成為一生之態。

卑賤的生活不可怕，可怕的是選擇了一種卑賤的生活
方式。

尤其，不能在這種狀態下蹉跎歲月。否則，長期沉淪
下賤，磨禿了頭頂的時候，也往往磨禿了自身的利器，磨滅

了雄心，磨滅了才華。磨光了銳氣的同時，還會磨出俗氣。人一俗氣，便無正氣，沒有正氣，便無正事。並且，人一俗氣，便成小器。小器之人，便無勇氣，沒有勇氣，便少運氣。

李忠的問題還不僅於此。

當魯達邀請他同去喝一杯時，他竟然捨不得丟下看客丟下的三瓜兩棗，捨不得賣狗皮膏藥，拒絕了魯達。這表明，他已經糾纏在這樣向下活的雞零狗碎之中，而失去了向上活的想像力。何況，在世道中走，不能給臉不要臉，得人敬重要識敬重。

漢語裡有一個詞，叫「窮困潦倒」，我們必須分別：人可以窮困，但不能潦倒。窮困，是物質上的匱乏；潦倒，是精神上的潰敗。人潦倒了，靈魂便潰散了，氣質就委瑣了。

漢語裡還有一個詞，叫「疲憊」，我們也必須分別：人，可以「疲」不能「憊」。「疲」是體勞，「憊」是心懶，故有「憊懶」一詞。

莊子見梁惠王，梁惠王說衣衫襤褸的莊子「憊」，莊子說，我只是貧而已。士有道德不能行才是「憊」，沒有精神堅持才是「憊」，我只是沒有錢財，只是「貧」。莊子的這種分辨，非常重要。

所以，人一潦倒，一憊懶，就失卻精神和體面。

李忠此刻的表現，就是不體面的。他還有更加不體面的表現。

在潘家酒樓，魯達決定救金翠蓮父女出苦海，為他們籌款，準備盤纏，讓他們逃出渭州，回鄉。

他掏出身上僅有的五兩銀子，又向史進「借」，史進從包裹中一下子拿出了十兩銀子，比魯達的超一倍。

小青年史進此時就是一個浪跡天涯的漂人，連工作都沒有，一下子拿出十兩銀子，魯達一下子就看好了史進，終身認他為兄弟。

而李忠卻直到現在還沒有動靜。

李忠見魯達拿錢，可以不動，見史進拿錢，就該動了，但他仍不動，等到魯達點名：

「你也借些出來與洒家。」

李忠這才不得已動手在包裹裡摸錢。可是，摸索了半天，卻只摸出二兩來銀子。注意這個摸的動作，這是割他的肉啊。

魯達一眼望去，那眼仁裡面就變了白眼，嘴上也不留情：「也是個不爽利的人！」

白眼和譏嘲已經很讓人難堪，但魯達還有更絕的舉動：他只把他自己的五兩和史進的十兩，共十五兩給了金老，卻把李忠的二兩來銀子丟還了李忠。

金聖歎在此下批了四個「勝」字：

勝罵，勝打，勝殺，勝剮。

再加四個字：真好魯達。

魯達是舒張的，所以他看不慣縮手縮腳不爽利的人；魯達是慷慨的，所以，他看不慣慳吝小氣的人；魯達甚至也是善解人意的人：李忠掙錢不容易啊，要賣多少狗皮膏藥，才能積攢二兩來銀子啊。這二兩來銀子，割他的肉啊，算了，還給他吧。丟給他了。

《水滸》中潘家酒樓這一段，寫出了三個人。而且是比襯着寫的。人怕甚麼？人就怕比人。人比人，氣死人啊。

就是一件小事，不同的人，被分別出來。史進十兩，李忠二兩，這個區別，就是境界的斤兩。

同是初次見面，魯達後來認史進為生死兄弟，而李忠一直入不了他的法眼。

魯達收下了史進的銀子，就是接受了史進；魯達丟還了李忠的二兩來銀子，也就拒絕了李忠。

他的二兩來銀子沒有與魯達、史進的銀子一起湊數，他本人也就被魯達排斥在他的兄弟之外。

李忠的自贖

　　《水滸》寫史進在渭州碰到魯達，巧遇師父李忠一段，讓我們看到了，生活在社會底層的李忠，在生活的重壓下，個性如何被扭曲而至於委瑣。

　　事實上，生活的重壓並不一定導致人性的委瑣，直接導致個性扭曲的，可能還在於謀生方式。比如李忠，他選擇了在街市上耍槍弄棒賣狗皮膏藥的賺錢方式，這種謀生方式，才是他諂媚乞巧、小心翼翼、斤斤計較個性的直接原因。所以，人生艱難，但即使如此，也要盡量避免用一種很細碎的方法去謀生賺錢，因為錢來得艱難，會去得難受。一分一釐攢起來的錢，要大把大把地花出去，確實是對脆弱人性的嚴

峻考驗。計較小得便會心疼小失。那些在掙錢時錙銖必較的人，一定在花錢時一毛不拔。

所以，孟子說，「術不可不慎」（《孟子‧公孫丑章句上》），選擇生活方式非常重要。

有人會說，難道李忠這樣艱難的人，我們不應該理解並同情嗎？

當然可以，但是，李忠不能這樣要求。因為，當別人理解你時，也就看扁你了，至少是看輕了你了。所以，做人，應該是這樣：給予別人的是理解；從別人那裡獲得的是敬重。

世間確實有很多英雄，被衣飯所困。但是，真正的英雄，絕不會被衣飯逼成庸庸碌碌的凡夫俗子！

不衝破衣飯的牢籠，就是個衣飯的囚徒。

比較一下史進和李忠是有意思的。史進是一個討出身的人，李忠是一個討生活的人。人可以討出身，不可以討生活。討出身，是向上活；討生活，是向下活。

一種生活態度，往往決定了一種生活狀態，一種生活狀態，往往也就塑造出一種性格。像李忠這樣，到江湖上耍一通花拳繡腿的假功夫，討一些賞錢；賣一些狗皮膏藥的假藥，騙一些藥錢，整天錙銖必較，分毫必爭，一絲難捨，這種營生，實足以壞掉一個人的境界，壞掉一個人的氣質。

後來，李忠上了桃花山，做了大頭領，與周通一起佔山為王，打家劫舍。周通要強娶桃花村的劉小姐，被投宿桃花村的魯智深一頓痛打，李忠趕來報仇，認出魯達，請上山去，要留下魯智深。但這兩個人卻不大合乎魯智深的胃口：這兩個人小家子氣，做事慳吝，不是慷慨之人。所以，魯達住了幾日，只要下山，推脫道：「俺如今既出了家，如何肯落草。」

　　這兩人還真是小氣不長進，竟說出這樣的話來：「哥哥既然不肯落草，要去時，我等明日下山，但得多少，盡送與哥哥作路費。」

　　真是沒出息的話，你山上現放着金銀財寶，沒說拿出來作路費送與魯智深，卻說明日下山，但得多少再送，若明日下山一無所獲呢？或明日下山所獲甚少呢？更重要的，打着為魯智深搶盤纏的旗號去搶劫，這份禮魯智深會收嗎？

　　果然，第二天，當李忠、周通丟下魯智深和一大桌宴席和金銀酒器，下山打劫，並聲稱打劫所得，盡送與魯智深時，魯智深把桌上的金銀酒器用他那大腳都踏扁了，裝在包裹裡，挎了戒刀，提了禪杖，走到後山亂草坡上，把戒刀禪杖、包裹都丟下山去，自己把身子往下一滾，骨碌碌直滾到山腳邊，跳起來，拿了包裹，戒刀、禪杖，拽開腳步，取路便走。

李忠、周通打劫回來，發現魯智深搶了金銀酒器，李忠要追，周通勸阻，然後周通提議：「將（打劫來的）金銀緞匹分作三分，我和你各捉一分，一分賞了眾小嘍囉。」李忠道：「是我不合引他上山，折了你許多東西，我的這一分都與了你。」

這一段對話真是醜，一口一聲你的我的，李忠眼下的桃花山，仍然不過是一個分贓之地，一個糊口之所。但他這幾句話，也可見他的忠厚，他到底還是一個忠厚人，所以他叫李忠。

實際上，《水滸傳》的作者施耐庵在人物的名字上，星宿稱號上，往往暗含了對他們個性、命運的秘密。

如果說，半生淪落生計艱難造成了李忠性格的小氣、精明和委瑣，這是他的不足；那麼，一直生計艱難卻仍能保有一份忠厚，保有一顆善良心，則是他的優點。是他的可取之處。這也是他最終能位列地煞星的原因。他的星宿名稱是「地僻星」，「僻」字有甚麼含義呢？

其一，僻者，偏也，偏居一隅，不識宇宙之大叫做僻；

其二，僻者，片也，眼界狹小，不知萬物之富叫做僻；

其三，僻者，癖也，性情偏執，興趣愛好單一叫做僻。

一般而言，一直呆在一個地方，或者，一直處於一種環境，或者，長期生活於一種狀態，一直沉湎於一種愛好，常

有此僻。像李忠，就屬於長期處於一種衣食不保的生活狀態中，在那種狀態中欠缺的東西——錢財，就會成為一種傷痕記憶，焦慮記憶，深入心靈深處，從而成為一種癖好。

但這種人，正因為守舊、固執，不知變通，不願變通，所以又往往保有一份忠誠、厚道、靠得住。

男人最大的缺點是委瑣。而稍微可以補救委瑣的，就是忠厚。因為忠厚與委瑣不衝突，可以在一個人的性格裡共存。

李忠委瑣而能入一百零八人的名單，端的就是忠厚救了他。

因此，當你一無是處時，就一定要忠厚。

逼下梁山的林沖

　　說到《水滸》的主題，總要說到「逼上梁山」「官逼民反」，而其代表人物，就是林沖。其實，《水滸》的深刻還不僅在此，它除了「逼上梁山」，還有「逼下梁山」，除了「官逼民反」，還有「賊逼民亂」。其代表人物，還是林沖。林沖是《水滸》中最窩囊、苦悶的人物。

　　林沖從八十萬禁軍教頭，被高俅步步緊逼，最後不得已在滄州大軍草料場殺死差撥、陸虞候、富安三人，往東逃命，在柴進東莊上住了五七日。滄州那邊，下令緝捕人員將帶做公的，沿鄉歷邑，道店村坊，捉拿林沖。不得已，柴進作書一封，讓林沖投託梁山泊安身立命。

一部大書，寫梁山泊，寫梁山好漢，但「梁山泊」這個詞，直到此時，第十一回，才出現。

　　事實上，「梁山泊」這個詞，只有在林沖的故事裡出現，才能顯示出意義。

　　如果在李逵、李俊、張順、張橫、燕順、王英、時遷等人的故事裡首先出現，那麼，梁山泊給我們的印象，不過是社會下層、流氓無產者、市井流氓、江湖強盜等等聚集的淵藪，一個強盜窩。

　　如果在魯智深、武松的故事裡首先出現，梁山泊也就是江湖俠客的庇護所，一個殺人通緝犯躲災避難的地方。

　　而梁山泊在林沖的故事裡第一次出現，就能顯示出更為深刻的內涵。

　　第一，正如我們上面說到的，它體現了逼上梁山的主題，從而揭示出亂自上作的社會現實。

　　第二，更重要的是，林沖本來是一個在大宋首都，並且負責皇家禁衛軍武術訓練的教頭，他生活在王化之下，王土之中，首善之區，是個忠心耿耿、絕無反叛之心的王臣。但是，林沖百般想做王臣，想做王的順民良民而不得，他被逐出王土，或者說，他被逼逃離王土，因為，在王土之中，他只有死路一條，王土已經變成死地。於是，他只能逃往梁山泊。

　　於是，梁山泊，就作為王土的對立面而存在。水滸，也就是王化之外，《水滸傳》，也就是這些被王權拋棄、迫害、

追殺的族群的傳記！

「梁山」的內涵還不僅如此。我們再往下看就知道了。

此時的林沖已經無路可走。他只有上梁山。

但梁山哪裡就是那麼好上的呢？

林沖可以在柴進的護送下混出盤查甚嚴的滄州道口，在朱貴的酒店裡卻找不到上梁山的路口。請看這段對話：

林沖問：「此間去梁山泊還有多少路？」

酒保答：「此間要去梁山泊，雖只數里，卻是水路，全無旱路。若要去時，須用船去，方才渡得到那裡。」

林沖道：「你可與我覓隻船兒。」

酒保道：「這般大雪，天色又晚了，那裡去尋船隻？」

林沖道：「我多與你些錢，央你覓隻船來，渡我過去。」

酒保道：「卻是沒討處。」

一句話，截斷了林沖的希望。

這段對話，寫盡林沖的英雄末路。

在朝廷，被陷害。在江湖，也無路。做好人，做不了；做強盜，也如此難！

八個字：報國無門，叛國無路！

苦悶的林沖在牆上作詩一首，亮出自己的身份。這讓早就聽聞林沖大名的朱貴陡生敬意，但是，敬意是敬意，要上

梁山，沒有門路還是不行。

朱貴告訴林沖：「雖然如此，必有個人薦兄長來入夥。」

做官要關係，要門路；做賊，也要關係，要門路！

在四十三回，戴宗勸石秀：「如此豪傑流落在此賣柴，怎能夠發跡？不若挺身江湖上去……」於是勸他上梁山。

石秀道：「小人便要去，也無門路可進。」

那時的梁山，已經是晁蓋和宋江主持下了，已經是廣納英雄了，但還是有人發出沒有門路的感慨。

這個世界，雖然天無絕人之路，怎奈人有設障之法。

人類總有一些組織、制度，設限立門檻，以阻絕人路為目的。

梁山一旦成為一種組織，也就是一種體制。

好在林沖是有門路的。林沖告訴朱貴，有柴進的書信。

朱貴說：「既有柴大官人書緘相薦，亦是兄長名震寰海，王頭領必當重用。」

正如朱貴分析的，林沖到梁山，必當重用。原因有三：

一是有柴進的推薦。柴進既有恩於王倫，王倫當然不能拒絕。

二是林沖武藝高強，名震寰海，林沖加入，必然增強梁山的力量。招降納叛，是一般佔山為王者壯大自己、積聚資本的基本策略。

三是林沖在體制那邊已經徹底結仇樹敵，你死我活，在此處必然死心塌地，忠心耿耿。

但是，朱貴還是太厚道、太頭腦簡單了，林沖也高興得太早了。

第二天一大早，朱貴引了林沖上山時，卻遭到王倫的拒絕。

原來，王倫不想上面的三個問題，他只想一個問題：「我卻是個不及第的秀才，⋯⋯又沒十分本事，杜遷、宋萬武藝也只平常。⋯⋯他是京師禁軍教頭，必然好武藝。倘若被他識破我們手段，他須佔強，我們如何迎敵？」

我們一般人的思想裡，總覺得自身的弱點會影響自己的成功。但是，在很多時候，讓我們栽跟頭受排擠遭打擊的，恰恰是因為我們自身的優點！

宋萬比起林沖，武功上根本不在一個檔次。但是，宋萬來投，王倫收下了，林沖來投，王倫要拒絕。一個因為武功差而留下了，一個因為武功強，反而被拒絕。

莊子講的「人皆知有用之用，而不知無用之用」。其實不也包含着憤懣不平！

於是，王倫下了決心：「不若⋯⋯發付他下山去便了，免致後患。只是柴進面上卻不好看，忘了日前之恩，如今也顧他不得。」

我們都知道林沖是被逼上梁山的，哪知道，他還曾被逼下梁山呢？

　　最後，他不得不在王倫的逼迫下，去山下殺人，納投名狀。一個本來「為人最樸忠」的有原則的人，終於突破了自己做人的底線。

　　人為甚麼墮落？

　　形勢比人強啊！甚麼是形勢？就是一個社會的文化氛圍和社會風氣啊。

五兩銀子林沖命

　　林沖在柴進莊上贏了洪教頭，也贏了二十五兩的大銀，辭行要去牢城營。臨行之時，柴進為了林沖到牢城營得到關照，除了又送他銀子二十五兩，還寫書信兩封：分別給了與柴進有很深交情的牢城營的管營和差撥，讓他們關照林沖。

　　柴進如此慷慨好義，他的朋友也不會太差吧。

　　但是沒想到，一進牢城營，囚犯們就告訴林沖，這管營、差撥只認銀子，是個專門詐人錢物，十分害人的人。正說着，差撥就過來了。

　　差撥一來，就問：「那個是新來配軍？」

　　林沖趕緊答應：「小人便是。」

那差撥不見他拿錢出來，馬上就變了面皮，指着林沖罵道：「你這個賊配軍！見我如何不下拜，卻來唱喏！你這廝可知在東京做出事來！見我還是大剌剌的！我看這配軍滿臉都是餓文，一世也不發跡！打不死、拷不殺的頑囚！你這把賊骨頭好歹落在我手裡！教你粉骨碎身！少間叫你便見功效！」把林沖罵得「一佛出世」，哪裡敢抬頭應答。

這一段罵，是罵林沖：

一是賊——在東京做出事來。

二是賤——滿臉餓文，一世也不發跡。

三是頑——打不死、拷不殺的。

四是傲——不下拜，大剌剌的。

五是身份——配軍，囚徒。

最後是恐嚇：教你粉骨碎身！

實際上，林沖並不是不願意出錢。他不但願意出，主動出，而且還打聽好了大致的價位，他只是還沒來得及拿出來——這個差撥根本沒有給林沖拿錢的時間！

他其實何嘗不知道林沖哪怕一時沒有送錢，哪敢不送呢？既然這樣，他為甚麼如此兇暴，痛罵林沖呢？

這種人心理上，往往都有一些問題。顯然，這個差撥有以下心理毛病：

一是迫害狂。他內心陰暗，有着迫害狂的症狀。

二是強迫症，焦慮症。這種人不僅貪財，而且還有焦慮症和強迫症，他要在第一時間見到錢，否則便沒有耐心。

三是一頓臭罵，既可以立威，也可以威嚇對方，使對方不僅快快拿出錢來，而且還讓對方在恐嚇之中，因為恐懼，拿出更多的錢來。

林沖待他罵過了，發作完了，趕緊取出五兩銀子送他，還拿出十兩銀子讓他轉交管營。

差撥馬上轉怒為笑，道：「林教頭，我也聞你的好名字。端的是個好男子！想是高太尉陷害你了。雖然目下暫時受苦，久後必然發跡。據你的大名，這表人物，必不是等閒之人，久後必做大官！」

19世紀俄國短篇小説大師契訶夫，曾寫過一篇特別著名的小説，叫《變色龍》，刻畫了一個叫奧楚蔑洛夫的警官形象。

其實，在中國，在元明之際，也就是在14、15世紀之交，《水滸傳》的作者就塑造出了差撥這一變色龍的形象，而且似乎更精煉，更突出，而且更真實，更可信，更自然！

在罵林沖時，他罵林沖是「賊」，他説：「你這廝可知在東京做出事來！」做出甚麼事來呢？當然是做出違法犯罪之事，現在是罪有應得。

可是在得到錢以後，就成了：「想是高太尉陷害你了。」

於是，第一條：「賊」變成「冤」了。

罵林沖時，他說林沖「賤」：「滿臉都是餓文，一世也不發跡！」

得到錢後，就成了「雖然目下暫時受苦，久後必然發跡」，「久後必做大官」。

於是，第二條：「賤」變成「貴」了。

罵林沖時，說林沖「頑」，是「賊骨頭」，是「打不死、拷不殺的頑囚」。

得到錢後，就成了「端的是個好男子」，「必不是等閒之人」。

於是，第三條：「頑」變成「好」了。

罵林沖時，說林沖「傲」，是「不下拜」，「大剌剌的」。

得到錢後，就變成了「據你的大名」，「必不是等閒之人」。

於是，第四條：「傲」就變成「正」了。

罵林沖時，對林沖的稱謂是「配軍」「頑囚」，連名字也沒有。

得到錢後，就成了：「林教頭，我也聞你的好名字。」「據你的大名，這表人物。」

於是，第五條：侮辱性的稱謂變成恭敬性的稱謂了。

五兩銀子，林沖就變了一個人。

是林沖變了嗎？林沖還是那個林沖，變了的，是差撥。

五兩銀子，改變了林沖的世界，五兩銀子，改變了差撥的人心！

接下來，林沖又拿出柴進的書信，說道：「相煩老哥將這兩封書下一下。」

差撥道：「既有柴大官人的書，煩惱做甚？這一封書值一錠金子。」

中國有一個詞，叫「值錢」。一個東西好不好，怎麼判斷？拿錢來衡量。李贄在此眉批曰：「只因柴進是捨錢的大財主，故一封書值得一錠金子，不然，還是五兩十兩銀子當得百十個柴進。」

不是柴進有面子，是柴進有錢。

差撥將林沖給管營的十兩銀子偷偷昧下五兩，只將五兩銀子和柴進的書信送給管營，在管營面前，備說林沖是個好漢，又有柴大官人書信相薦，本是高太尉陷害配他到此，又無十分大事。於是二人合計看顧林沖，免了他的一百殺威棒。

林沖歎口氣道：有錢可以通神，端的有這般苦處！

小人的成敗

　　高衙內在街上攔住林沖娘子，被林沖衝散，回到府中，幾日納悶，怏怏不樂，一般情況下，他看中的女子，他總能弄到手，但這一回不同了，這個讓他心跳的女人，竟然是林沖的老婆，林沖的武功好生了得，他十個衙內也不是林沖的對手。再說，林沖老婆自此以後，呆在家裡，足不出戶，怎樣才能見得上呢？他思前想後想不出個辦法。

　　不過，辦法總是人想的，下流的辦法是下流人想的。只要你身邊有下流人，就不愁找不到下流的辦法。

　　高衙內手下就有這樣一個下流人，叫做富安。他見衙內在書房中納悶，便走近前去道：「衙內是思想那『雙木』的。

這猜如何？」衙內笑道：「你猜得是。只沒個道理得他。」富安道：「有何難哉！衙內怕林沖是個好漢，不敢欺他，這個無傷。他見在帳下聽使喚，大請大受，怎敢惡了太尉？輕則刺配了他，重則害了他性命。」

讀書至此，我們不僅會憤憤於小人可惡，我們還惴惴於小人可怕。

這個奸邪小人看出了林沖的軟肋，看出了衙內的強項。

林沖英武，豪傑，是個好漢，林沖一條花槍可以讓高衙內死上十回百回。但是，林沖有軟肋，林沖的軟肋就在於他無權，被人管。

衙內骯髒，下流，是個孬種，十個衙內也敵不過一個林沖。但是，衙內有強項。衙內的強項就在於他有一個大權在握的養父，可以管人。

當權力因素加進來之後，一切都失去了重量：因為權力是絕對的重量。

沒權的老虎，不過一個病貓；有權的老鼠，頂得上一隻獅子。

林沖是老虎，但那又怎樣？他無權，輕則刺配了他，重則要了他性命。高太尉是潑皮，但那又怎樣？他有權，可以草菅人命，順我者未必昌，逆我者必然亡。我的是我的，你的也是我的，不僅你的前途、命運是我的，你的人格、尊

嚴，也是我的，甚至你的生命，都是我的。

　　現在，基本形勢已經明朗。按自然法則，高衙內絕無勝算的可能，他不論在人品、能力諸多方面，都遠遠不是林沖的對手。但是，經小人富安一分析，他才發現，原來他擁有戰無不勝的絕對優勢，這優勢就是：他是太尉的養子。所以，把權力這一社會性的因素一加進去，林沖擁有的那一切，瞬間就變得毫無分量，化為烏有，他的優勢幾乎一下子就蒸發了，而高衙內，卻可以得意地奸笑着，為所欲為。

　　可見，富安的可怕，是因為他看出了問題的關鍵：權力。而且他還能充分地利用權力。

　　接下來，富安給高衙內獻上了一條計，富安對衙內說：「門下知心腹的陸虞候陸謙，他和林沖最好。明日衙內躲在陸虞候樓上深閣，擺下些酒食，卻叫陸謙去請林沖出來吃酒。……小閒便去他家，對林沖娘子說道：『你丈夫教頭和陸謙吃酒，一時重氣，悶倒在樓上，叫娘子快去看哩。』賺得她來到樓上。婦人家水性，見了衙內這般風流人物，再着些甜話兒調和她，不由她不肯。小閒這一計如何？」

　　這個計劃能否付諸實施，關鍵是陸虞候。他是林沖的好朋友，只有他才可以騙出林沖；但正由於他是林沖的好朋友，他應該不會如此謀害林沖。

但陸虞候幾乎毫不猶豫地就聽從了富安。

讀《水滸》至此，幾乎讓我們絕望於人性。

富安的計策中，最成功的地方就在於他對人性弱點的準確判斷與利用，他為衙內所定的計策裡，對陸謙的準確判斷與利用，是他的最高明之處。

但是，富安的這條計裡，還涉及對另一個人的品性判斷。這個人就是林沖的老婆。把林沖老婆騙到陸謙家以後，林沖老婆願意不願意，便成了一個關鍵。而富安同樣十分有把握：「婦人家水性，見了衙內這般風流人物，再着些甜話兒調和她，不由她不肯。」

可是，林沖的老婆還就是不肯，哪怕你衙內長得如何風流，嘴如何甜蜜，如何軟硬兼施，林娘子就是不從，直到等到林沖趕到。

她當然不是鐵石人，但她還真的比鐵石人還堅貞，讓衙內束手無策。

可見，富安對小人的判斷完全正確，對女人的判斷卻完全胡扯。林娘子以她自己的堅貞，挽救了所有女人的清譽，清算了富安對女性的侮辱和污衊。

是的，人性有弱點，但人性也有優點。小人之所以常常

成功，是因為他們特別能利用人的弱點。但小人最終必將失敗，那是因為人性中還有優點。

　　林娘子保住了自己的貞操，也保護了我們對於人性的信心。

　　富安的計策，成於人性的缺點，卻最終失敗於人性的優點。

林沖的兩個兄弟

林沖在上梁山之前，有兩個兄弟。一個是自幼相交，長大後一直是同事，陸謙陸虞候是也；一個是偶然緣分，一朝相見，互相佩服，當下便結為兄弟，魯達魯智深是也。

中國人極重友道，朋友之誼被列入「五常」。而且，《尚書》上還說，「人惟求舊」，老朋友要勝過新相識。所以，林沖對陸謙就比對魯智深好，他也更信任陸謙。

林沖和魯智深的相識和結交是在東京大相國寺的菜園。那一天魯智深為他的潑皮粉絲們表演禪杖，林沖正好陪夫人林娘子去嶽廟上香，途經菜園，見魯智深一根禪杖，端的使

得好，便跳過圍牆相見，兩人當即惺惺相惜，結為兄弟。

可就在這時，林沖上香而去的娘子被高衙內攔住調戲，林沖得信，撇下魯智深，慌忙趕去，恰待下拳打時，認得是本管高太尉螟蛉之子高衙內，先自軟了，放走了他。

這時卻見魯智深提着鐵禪杖，引着那二三十個潑皮，大踏步搶入廟來，叫道：「我來幫你廝打！」剛剛相交，便兩肋插刀，這是典型的中國傳統江湖文化中的朋友之道。

卻是林沖趕緊勸阻：「原來是本管高太尉的衙內，不認得荊婦，時間無禮。林沖本待要痛打那廝一頓，太尉面上須不好看。自古道：『不怕官，只怕管。』林沖不合吃着他的請受，權且讓他這一次。」

魯智深大聲説：「你卻怕他本官太尉，洒家怕他甚鳥！俺若撞見那撮鳥時，且教他吃洒家三百禪杖了去！」——這樣直接批評林沖，直揭痛處和軟肋，直指林沖心中的小九九，又正是傳統士大夫階層極為忌諱的「交淺言深」。魯智深之所以勝過千千萬萬個瑣碎委瑣的鳥讀書人，正在此。

《水滸》接着寫：

林沖見智深醉了，便道：「師兄説得是；林沖一時被眾勸了，權且饒他。」

魯智深卻轉過來對林沖娘子説話：「阿嫂，休怪，莫要笑話。」

這像是醉人的話嗎？

不是智深醉了，而是林沖覺得智深的話是醉人的話。一直謹小慎微的林沖，哪敢説出這樣的話？這樣的話他聽着都怕。「酒壯慫人膽」，大概是林沖把魯智深看成慫人了。

又對林沖説：「阿哥，明日再得相會。」

又道：「但有事時，便來喚洒家與你去！」

但是，林沖對魯智深「明日再得相會」的建議，一聲不吭。林沖後來有那麼大的麻煩事，他也沒有來喚魯智深。

為甚麼？因為他覺得魯智深與他不是一種做事的風格。他怕魯智深會毀了他在官場的前程。

《水滸》下文寫道：從此往下，「林沖連日悶悶不已，懶上街去」。

就是不見魯智深啊。

實際上，那幾天，他很悶，很想上街，找人喝喝酒，散散心，只是，不願找魯智深而已。

那怎麼辦呢？沒關係，他的另一個朋友來了。這個朋友，就是陸虞候。

陸虞候在高衙內那裡接受了一椿重大的任務：第一，把林沖騙出家門；第二，告訴林娘子是把林沖叫到他家裡；第三，出門後，再找藉口，不去家裡，把林沖引到樊樓。

這樣做的目的，是把林沖引出家門，然後再用林沖醉酒的藉口把自從受高衙內調戲之後不再出門的林娘子騙出家

門，騙到陸虞候家——那裡等待她的，不是丈夫林沖，而是高衙內。

也就是說，陸虞候要完成兩個任務：第一，把林沖調虎離山；第二，把林娘子送入虎口。

顯然，這是一份高難度的任務。

第一，陸虞候要經受道德上的考驗，不要忘了，他是林沖自幼相交的朋友，如此陷害朋友，對任何人來說，都是嚴峻的道德考驗。第二，陸虞候還要經受智力上的考驗，這樣一份曲曲折折的任務，包含着三個互相矛盾的目標，要完成它，沒有相應的智力，不行。

陸虞候不愧是受大宋政府教育多年，思想上很成熟，道德上很經得起「考驗」，他幾乎沒有一秒鐘的猶豫，就接受了這樁光榮的任務。並且，他完成得非常好。

客觀地說，陸虞候之所以能順利地完成這個任務，有一大半的功勞應該歸功於林沖：林沖太信任他了。

陸虞候來叫他，他馬上就和陸虞候一起上街喝酒去了，而且，還吐露胸襟，吐露鬱悶，直至錦兒來報信：他的老婆被騙關在陸虞候家，高衙內正在糾纏調戲。

林沖與陸虞候的友誼，至此宣告結束。

當然，陸虞候還會在林沖面前出現，不過不再是作為朋友，而是作為追殺者和被殺者：在神秘的天意幫助下，追殺者陸虞候被林沖所殺。完美地驗證了《尚書》中的名言：「人

心惟危，道心惟微。」所有用心險惡者，在天道面前收斂一
點吧。

　而魯智深在林沖性命交關的時候也再次出現：當林沖在
野豬林裡，被董超、薛霸綁在樹上，要加以殺害的時候，只
聽得松樹背後雷鳴一聲，一條鐵禪杖飛將來，把薛霸的水火
棍一隔，飛出九霄雲外，松樹後面跳出一個胖大和尚來，林
沖睜眼一看，正是他的另一個兄弟魯智深！
　魯智深把綁林沖的繩子割斷，扶起林沖，開口便是：
「兄弟！」
　我讀《水滸》，至此二字，熱淚長流！

陸虞候為甚麼如此卑鄙

　　高衙內要佔有林沖的老婆，可是一來林沖畢竟不是普通百姓，二來林沖老婆自那日受了騷擾，就一直呆在家裡不再出門，衙內實在想不出甚麼好辦法。

　　富安為高衙內貢獻了一條十分下流而惡毒的計策：陸謙去叫林沖吃酒，陸謙是林沖的好朋友，利用林沖對陸謙的信任，光明正大地請他出來，調虎離山，然後騙姦他的老婆。小人之心，太歹毒，小人之計，太陰損！

　　但是，這條計雖然是好，還有一個問題：這條計涉及對陸謙品性判斷：既然陸謙是林沖的好朋友，他會配合他們，一起陷害林沖嗎？

實際上，這條計的最高明之處，正在這個地方。

這條計最高明的地方不是那些陷阱的巧妙設計等等，而在於對醜惡人性的準確把握和充分利用。

富安在尋思這條計策時，根本不把陸謙可能拒絕考慮在內，而高衙內也同樣對陸謙能聽從他們而對朋友落井下石深信不疑：「就今晚着人去喚陸虞候來分付了。」時間就在今晚，態度則是喚，如喚一條狗，讓陸謙做這樣缺德的事，根本不怕他猶豫，更不會和他商量，直接「分付了」即可。

我們有沒有意識到，這裡面包含着富安、高衙內對陸謙個人道德的貶低與蔑視？對他良心與人格的鄙視？假如他們心目中陸虞候是一個正派的有良心對朋友誠實仗義的人，他們會這樣安排陸虞候嗎？又假如陸謙是個有道德良知的人，他得知別人這樣安排他做缺德事，他不會感到憤怒嗎！

但是，富安與高衙內根本不會像我們這樣想，他們對陸謙的配合深信不疑。他們也根本沒有覺得他們這樣做對陸虞候有甚麼不敬。

為甚麼呢？因為他們代表權勢。在權勢那裡，根本就沒有良知、道德、人格等的位置。

果然！我們錯了，他們對了。

當富安把他的計策向陸謙和盤托出並要求他配合時，陸謙不僅沒有一絲的憤怒，而且沒有一刻的猶豫就答應了富

安、高衙內交給他的這樣卑鄙下流的任務。——小人確實往往比君子更能判斷人性，從而利用人性的弱點來達成自己的目的。

接下來，好朋友好兄弟陸謙就坦然走到林沖家裡，把林沖騙出了家門。臨走，還不忘給好兄弟的妻子下個套：

陸虞候道：「阿嫂，我同林兄到家去吃三杯。」

特意說明：「到家去」。掘下一個大大的陷阱，卻說得親親熱熱。

一個人，在陷害自己的朋友時，在利用朋友的信任而加害他時，怎麼能做得如此面不改色心不跳，如此從容，如此坦然，如此冷血，如此心安理得？

一番轉轉彎彎，兩個上了樊樓喝酒。敘說閒話。而那一邊，林娘子已經被騙至陸謙家，被高衙內關在房內調戲。

李贄在此批道：「富安可恕，陸謙必不可恕！可恨！可恨！」為甚麼？因為陸謙是林沖的朋友！兄弟！

陸虞候還有更可恨的。他後來又幫高衙內出了一個計策，引誘林沖持刀進入白虎節堂，然後名正言順殺林沖。

再往下，陸謙更是銜高俅之命，千里奔赴滄州，火燒草料場，要燒死林沖，還準備拿林沖的骨殖回去，討太尉歡心！

陸謙的所作所為，確實是狗彘不食。我也在字裡行間，

對陸謙批上數個「可恨」字樣。

　　陸虞候為甚麼這麼卑鄙？一個人為甚麼會如此墮落？

　　我不相信陸虞候平時就如此卑污下流，如果是這樣，林沖與他自幼相交，不可能看不出來。

　　實際上，林沖非常信任陸謙。連日悶在家裡，他沒有如約去找魯智深，而陸謙一來，他馬上欣然出門，可見二人的友誼。

　　在樊樓上，林沖對着陸謙歎氣，又是罵昏君，又是罵高俅，不是絕對信任，林沖這樣謹慎的人，不會如此吐露胸襟。

　　甚至，他還把妻子受辱一事主動告訴了陸謙。

　　結論是：陸謙平日裡為人，未必就比一般人更不堪。

　　那麼，為甚麼在特定的時候，他如此卑鄙？

　　陸謙臨死之前，對林沖說：「不幹小人事。太尉差遣，不敢不來。」

　　讀陸謙至此，我吃了一驚。

　　我突然覺得林沖應該「理解」陸虞候——因為，林沖在此之前，也已經有了很多次面對太尉包括太尉養子高衙內時的「不敢」。

　　我突然覺得我們讀者也要「理解」陸虞候——我們面對我們的「太尉」的時候，我們「敢」嗎？

我們在讀《水滸》的時候都自我感覺很好，站在道德高地上，痛斥陸謙。

　　但是，假如，我們的「太尉」也這樣「差遣」我們一回，在我們一生的這一「特定」的時刻，我們「敢」嗎？

我們為甚麼要兄弟

　　魯智深在大相國寺菜園裡為潑皮們演練禪杖，潑皮們一疊聲叫好喝彩，魯智深人來瘋，禪杖越使越活泛。這時，牆外走過一個官人，這官人看了一會，喝彩一聲：「端的使得好！」

　　見大家都看着他，他又讚歎道：「這個師父端的非凡，使得好器械！」

　　這人就是林沖，是魯智深和他第一次見面，兩人當即結為兄弟。

　　魯智深在渭州一見史進便認作兄弟，在這兒一見林沖，林沖也馬上要結義魯智深為兄。《水滸》一百零八人，都好結交異姓兄弟。這和《三國演義》相比，大相徑庭大有趣：《三

國》中的男人，個個都鬥得像烏眼雞，見面就互相掐，掐死拉倒。一時不能明掐的，也是暗自算計着對方，肚子裡想着何時用甚麼方法弄死對方。

《三國》中的男人，哪怕原先是朋友，是兄弟，玩着玩着就成了敵人，成了你死我活的仇人。

《水滸》中的男人，哪怕原先是對頭，是仇人，打着打着就成了兄弟，成了肝膽相照的哥們。

《三國》中的男人與男人，互為敵人。只要是英雄，雙方就是競爭的對手。

《水滸》中的男人與男人，互為兄弟。只要是好漢，大家就是合作的朋友。

《三國》與《水滸》，體現了男人與男人之間最典型的兩種關係式。

值得指出的是，魯智深結交史進時，他是提轄，史進只是一個十七八歲的待業青年；現在林沖提出與魯智深結交兄弟時，他是八十萬禁軍教頭，魯智深只是一個十來畝菜園的菜頭，是大相國寺和尚裡層次最低的執事僧。顯然，他們在結交兄弟時，根本不考慮對方的身份、地位。

《三國》講利害，《水滸》講義氣。《三國》講權謀，《水滸》講道德。

　　但是，有一個問題是：為甚麼他們那麼熱衷於結交異姓兄弟呢？

　　答案其實很簡單：那是一個人民的基本安全得不到切實保障的時代，官方可以迫害你，流氓可以欺壓你，豪強惡霸可以魚肉你。

　　我們現在常說我們是受法律保護的，但是，在《水滸》所寫的那個時代，當林沖受迫害的時候，法律保護他了嗎？金翠蓮父女受鎮關西欺壓的時候，法律保護他們了嗎？桃花莊劉太公劉小姐被強盜逼婚的時候，法律保護他們了嗎？瓦罐寺的老和尚們被兩個惡棍欺壓的時候，法律保護他們了嗎？在那個時代，法在哪裡？官府在哪裡？

　　不守法度，是個人的問題。不信法度，是社會的問題。

　　為甚麼有那麼多英雄眼中無法，只相信他們自己拳頭和手中的刀劍？因為當百姓受欺壓的時候，官府完全不見蹤影，於是他們只好自己解決問題——私力維權。

　　反而是好人挺身反抗抗暴除奸之後，官府卻隨之而來要懲罰好人：當鎮關西作惡時，我們看不見法律，但當魯達殺了他之後，我們看到官府來了，要緝捕魯達；當西門慶潘金蓮殺死武大郎時，我們看不見官府，但武松殺了西門慶潘金蓮後，官府來了，要流放武松。

　　這樣的官府，壞人作惡時，它裝聾作啞不作為，甚至助紂為虐，所以壞人不怕；

好人懲惡時，它倒出現了，打着法度的名義，懲罰好人，所以好人擔心。

可見，很多時候，官府就是惡人的保護傘！

為甚麼在中國封建時代，有那麼多幫會組織？幫會組織後來確實大多數都演變為危害社會欺壓人民的黑惡勢力，但究其產生之初，何嘗不是出自一盤散沙的無助的人自我結義以尋求互保的動機！

這樣的人民基本權力無保障的狀況，三國時代也一樣。但是，《三國》和《水滸》所寫的人不一樣。

《三國》所寫的人，都是社會上層人物，他們操縱別人的命運。

《水滸》所寫，都是社會中下層人物，他們的命運被別人操縱。所以他們要結義，從而使自己更有力量，在遭到迫害時，能有人出手相救。

事實上，《三國》中也有結交的例子，典型的就是桃園三結義。但是，我們注意到，當劉關張結義時，他們恰恰是身處下層。後來諸葛亮加入劉備集團，劉備與他情好日密，如魚得水，但是，他們卻沒有結交，他們不可能再是兄弟，而只能是君臣。

可見，結交兄弟，一般都是下層人物的做法，是由於他們缺乏安全感造成的。

　　結交是為了自保，這是一個基本事實。——林沖本人的經歷，就是一個活生生的例子。

　　當林沖在野豬林裡，被董超、薛霸綁在樹上，要加以殺害的時候，只聽得松樹背後雷鳴一聲，一條鐵禪杖飛將來，把薛霸的水火棍一隔，飛出九霄雲外，松樹後面跳出一個胖大和尚來，林沖睜眼一看，魯智深！

　　魯智深拔出戒刀，把綁林沖的繩子割斷了，扶起林沖，開口第一句便是：「兄弟！」

　　這段時間裡，誰把他當人？只有陷害，蹂躪，折磨，侮辱。此時，一聲兄弟情，雙淚落君前！

　　魯智深接着告訴他：「俺自從和你買刀那日相別之後，洒家憂得你苦。自從你受官司，俺又無處去救你。打聽的你斷配滄州，洒家在開封府前又尋不見。卻聽得人説，監在使臣房內，又見酒保來請兩個公人説道：『店裡一位官人尋説話。』以此洒家疑心，放你不下。恐這廝們路上害你，俺特地跟將來。見這兩個撮鳥帶你入店裡去，洒家也在那店裡歇。夜間聽得那廝兩個做神做鬼，把滾湯潑了你腳。那時俺便要殺這兩個撮鳥，卻被客店裡人多，恐防救了。洒家見這廝們不懷好心，越放你不下。你五更裡出門時，洒家先投奔這林子裡來，等殺這廝兩個撮鳥，他到來這裡害你，正好殺這廝兩個。」

　　一口「你」，一聲「洒家」，有一張殺人的大網罩住

你，使你一步步走向死亡，但同時，也有一雙熱切關注的雙眼，來自你的兄弟，在你不知不覺之中，他已成了你的保護神。——你我分別，我憂得你苦；你受官司，我無處救你；你斷配滄州，我去開封府尋你；見有人請公人說話，我疑心，放你不下；恐這廝在路上害你，我特地跟着你；見這廝不懷好心，我越放你不下！見他們害你，我正好趕上救你！

　　是甚麼人在天地一片黑暗之時為林沖點燃一支蠟燭？
　　是誰在天羅地網之中為林沖殺一條生路？
　　是甚麼人在林沖叫天天不應，叫地地不靈地時候，憂得你苦、放你不下、越放你不下？
　　是誰不惜千里尾隨暗中保護，使林沖逃脫這無所逃乎天地之間的陷害大網？
　　是誰一口一聲「你」又一口一聲「洒家」，讓林沖知道，你一直被他關注，被他牽掛？縱使全世界都放棄了你，他仍然緊緊拉住你，不肯讓你陷落？
　　是他的智深兄弟！

魯智深與孟子

《水滸》中的「義」，最值得我們感動的，是對朋友的「情義」；最值得我們唏噓感歎的，是對君國的「忠義」；最值得我們敬仰和弘揚的，是世間的「正義」。

魯智深刺殺賀太守沒有成功，自己被捉。賀太守一來自得於自己的聰明，識破了魯智深的刺殺圖謀；一來又樂於看到這個刺客被識破活捉時的狼狽。於是，他馬上喝令把刺客推到廳前階下，要親自勘問。

但是賀太守萬沒想到，他等來的，是完全沒相反的結果：這個胖和尚不僅沒有一點狼狽相，反而把他弄得非常狼狽。

當賀太守帶着勝利者的姿態和得意，要審問對方時，他

還沒來得及開口，胖和尚反而反客為主，勃然大怒，對他沒頭沒臉就是一頓痛罵：

「你這害民貪色的直娘賊！你敢便拿倒洒家！俺死亦與史進兄弟一處死，倒不煩惱。只是洒家死了，宋公明阿哥須不與你干休！」

殺我和史進容易，要救你自己的這條小命，難！

本來賀太守是審判者，對方是等待死刑判決的階下囚。不知怎麼的，形勢變成了魯智深是審判者，賀太守是等待判決的階下囚了。

那麼，這場由俠盜主持的，對官賊的審判，最後是如何判決的呢？

身處絕境的魯智深竟然給對方指出三條生路——敢情他是和尚，慈悲為懷：

「俺如今說與你：天下無解不得的冤仇。」

這是佛家果報之說，給出路，寬大為懷，放下屠刀立地成佛。那麼，這冤仇怎麼解呢？

他給了賀太守三條最後通牒，也是給他的生路：

第一，「你只把史進兄弟還了洒家」。

對賀太守而言，這是一大難事，史進是刺殺他的刺客，他怎能輕易放還？但是，還有比這更難的——

第二，「玉嬌枝也還了洒家，等洒家自帶去交還王義」。

這當然更是萬萬做不到。但還有更難的——

第三,「你卻連夜也把華州太守交還朝廷。量你這等賊頭鼠眼,專一歡喜婦人,也做不得民之父母」!

從情慾到權慾,都要幫他淘汰一空,魯智深看穿了賀太守是個一錢不值的東西,可是這個一錢不值的東西,偏偏佔有了這麼多東西,今天他非要把他扒得精光,讓他一絲不掛,四大皆空。魯智深還真是法師!

如果說討還史進,乃是出於私情;解救玉嬌枝,就是出於公憤;而讓賀太守交還太守職位,就是公義,就是天地正道,就是替天行道!

最後是總結:

「若依得此三事,便是佛眼相看;若道半個不字,不要懊悔不迭!如今你且先交俺去看看史家兄弟,卻回俺話!」

如果僅看這幾句話,這哪像是被人綁縛的階下囚說的?倒好像是魯智深把禪杖架在賀太守的脖子上,或者高踞法官席,在對着跪在底下的賀太守訓話。——他憑甚麼和賀太守這樣說話?

憑正義!

我讀金聖歎的七十回本《水滸傳》,一直隱隱覺得有一種很熟悉的陽剛氣派,有一種很熟悉的正大風格,當我讀到魯智深痛罵賀太守,看到他嚴辭斥責賀太守「做不得民之父母」

「連夜也把華州太守交還朝廷」時，恍然大悟：這就是孟夫子啊！

　　孟子到平陸調研，對平陸地方長官孔距心説：「如果你的士兵，一天三次開小差，是否開除他呢？」

　　孔距心回答説：「不等三次我就會開除他。」

　　孟子説：「你自己失職不止三次了吧。災荒年月，你的百姓老弱拋屍於山溝荒野、青壯年四處逃散的，將近千人吧。」

　　孔距心説：「這不是我一個地方官能解決得了的。」

　　孟子説：「一個人替別人放牧牛羊，如果找不到牧場和飼料，他是把牛羊還給原主呢？還是站在那兒看着它們餓死呢？」

　　孔距心回答説：「我知道我的罪過在那裡了。」——據説，孔距心不久就把官位交還了國君齊宣王。

　　孟子回來，對齊宣王説：「王手下的地方官員，我調研了五個人。認識到自己罪過的，只有孔距心一個人。」接下來就把自己和孔距心的談話給齊王複述了一遍。宣王聽完，説：「我也明白我的罪過了。」

　　孟子倒還真的警告過齊宣王：不行，就下台。他對齊宣王説：「如果有人出遠門，把妻子兒女託付給自己的朋友照顧。等他回來，發現他的妻子兒女在受凍捱餓，怎麼辦？」齊宣王説：「絕交！」孟子説：「假若為官者不能盡責，怎麼辦呢？」齊宣王説：「撤職！」孟子説：「假若國家沒有治理好，

怎麼辦呢？」——齊宣王左看看右瞅瞅，說：嘿，那盆花好好
看耶！

　　孔曰成仁，孟曰取義。仁是寬恕；義是約束。所以，我
們看到《論語》中的孔子溫良恭儉讓，我們看到《孟子》中的
孟子劍拔弩張殺氣騰騰。這殺氣，後來就瀰漫出一部血雨腥
風的《水滸傳》。

做官與做賊

　　魯智深到華州城刺殺賀太守，不但沒有成功，而且自己還被捉。這是魯智深自出場以來第一次如此狼狽，如此尷尬，如此出醜，用他自己的話說，被人笑話了。但是，在這種身陷縲絏的絕境中，魯智深竟然爆發出特別耀眼的光彩，作為一個俘囚，他竟然反客為主，上演了一齣極其精彩的絕地反擊，並最終反敗為勝，成就了異樣的精彩。

　　賀太守之所以抓魯智深，只是對他可疑的舉動有懷疑，卻並沒有甚麼真憑實據，因為魯智深畢竟沒有實施刺殺行為就已被抓，並且被抓之時，他身邊沒有兇器。魯智深只要不承認自己是刺客，隨便編一個謊，就可能脫身，至少可以蒙

騙拖延對方一段時間，從而可以為梁山救他爭取寶貴的時間。

《水滸》的百回本、百二十回本也正是這樣寫的。

但金聖歎的七十回本卻給了我們一個大出意料的結果。

賀太守一看已拿住魯智深，喝令推到廳前階下，他要親自勘問。這時，他一定是這樣的心態：一方面沾沾自喜於自己識破刺客的聰明，一方面又樂於看到這個刺客的被識破活捉時的狼狽。但是他萬沒想到，這個胖和尚一點狼狽相也沒有，反而把他罵得一佛出世二佛涅槃。

魯智深是怎麼罵的呢？

魯智深先是對賀太守作道德鑒定：

你這害民貪色的直娘賊！你敢便拿倒洒家！

賀太守一定完全被台階下面的這個胖和尚弄糊塗了。這到底是誰審誰啊？這個胖和尚，到底是誰啊？

別急，魯智深馬上就說到自己：

俺死亦與史進兄弟一處死，倒不煩惱。只是洒家死了，宋公明阿哥須不與你干休！

賀太守很痛苦、很憤怒地發現，這個胖和尚是徹底地鄙視自己，根本不把自己放在眼裡，所以根本犯不着對自己隱瞞甚麼。沒等賀太守開口，魯智深已堂堂亮出自己的身份：不僅主動承認了自己是刺客，還承認了與史進的關係。承認

了與史進的關係，就等於承認了與少華山的關係。承認了與少華山的關係，性質就變了，罪行就大了——他不再是針對個別官員的刑事犯罪，而是直接威脅朝廷的造反了。刑事犯罪和造反，這兩者，在中國古代的法律上，是截然不同的性質的，後者要嚴重得多，處罰也嚴厲得多。因為前者只危害特定的個別的對象，而後者則是危害整個社會，危害整個統治階級及其統治，是對整個社會秩序的破壞。

　　還不僅如此。魯智深還自豪地宣佈了自己是梁山泊的強盜。梁山又是甚麼概念？那是被宋徽宗御筆書寫在宮中的著名的「四大寇」之首：在七十二回，柴進混進宮中，親眼看到徽宗在睿思殿的素白屏風上寫着：山東宋江，淮西王慶，河北田虎，江南方臘！那是讓皇帝頭疼不已，耿耿於懷，念念不忘，日夜想着剿滅的對象！

　　雖然自己是階下囚，對方是階上主；自己是強盜，對方是體面的朝廷命官，但魯智深竟毫不泄氣，反而盛氣凌人，反客為主，指着對方鼻子，罵得對方還口不得。一個強盜，一個被正統道德觀念徹底否定的強盜，在朝廷命官面前，一絲自卑沒有，一點慚愧沒有，為甚麼？

　　因為，魯智深知道，對方雖然表面上是身披官服的體面的官員，實際上卻是一個害民貪色的賊！一個真正的賊！而魯智深自己，雖然有一個強盜的身份，卻是一直行俠仗義打抱不平，除暴安良的義士！

岳珂（岳飛的孫子）的《桯史》記載了這樣一個故事：

鄭廣本是個海寇，後來受朝廷招安，當上了福州延祥寨統領。

一日，鄭廣到福州府衙參加聚會，滿座官員，濟濟一堂。大家談笑風生，吟詩作賦。可是，由於鄭廣的出身，官員們沒有一個願意理會他。鄭廣起立說：「我是個粗人，可是今晚也有一首詩，獻給大家，好嗎？」

眾人安靜下來，鄭廣大聲吟道：

鄭廣有詩上眾官，文武看來總一般。

眾官做官卻做賊，鄭廣做賊卻做官。

滿座官員，一時鴉雀無聲。

有意思的是，鄭廣在紹興六年（1136 年）被招安時，朝廷冊封他做的官就是「保義郎」，而宋江的綽號就是「呼保義」。宋江這個綽號的意思，可能就與這個「保義郎」的官名有關。

魯智深面對着當時的「眾官做官卻做賊」的事實，在這樣的「官賊」面前，他這樣的行俠仗義的所謂強盜，他們之間，不是官和盜的關係，而是「官賊」和俠盜、義盜的關係。那他有甚麼好自卑慚愧的呢？正如《桯史》所記，真正需要慚愧的，是這些披着官服的「官賊」啊！

宋江降低了梁山的道德境界

朱仝為救雷橫，被判決脊杖二十，刺配滄州牢城。

滄州知府敬重朱仝，留他在本府聽候使喚，並吩咐他早晚抱自己的年方四歲的兒子小衙內玩耍。

可是，宋江為了逼朱仝上山，竟然派李逵殺害了小衙內！

直到李逵在高唐州打死了殷天錫，逃回梁山，朱仝要與李逵拼命，宋江才正式就此事與朱仝賠話。卻把責任推給了吳用：「前者殺了小衙內，不干李逵之事。卻是軍師吳學究因請兄長不肯上山，一時定的計策。今日既到山寨，便休記心，只顧同心協助，共興大義，休教外人恥笑。」

我們看看其他幾人是怎麼説的。

在柴進莊上，柴進如此告訴朱仝：

近間有個愛友，和足下亦是舊友，目今在梁山泊做頭領，
名喚及時雨宋公明，寫一封密書，令吳學究、雷橫、黑旋風俱
在敝莊安歇，禮請足下上山，同聚大義。因見足下推阻不從，故
意教李逵殺害了小衙內，先絕了足下歸路，只得上山坐把交椅。

對此，吳用、雷橫這樣説：

只見吳用、雷橫從側首閣子裡出來，望着朱仝便拜，説道：
「兄長，望乞恕罪！皆是宋公明哥哥將令，分付如此。若到山
寨，自有分曉。」

而殺人者李逵這樣説：

教你咬我鳥！晁、宋二位哥哥將令，干我屁事！

殺害小衙內，柴進、吳用、雷橫、李逵四個人都説是
宋江的主意，宋江卻説是吳用的主意。柴進、吳用説是宋江
時，宋江不在場；宋江説是吳用時，吳用在場卻不發一言。

很妙。這事成了無頭案了。

但仔細分析一下，這事一定是宋江的安排。

其一，説是宋江主意的是四個當事人。説是吳用主意的偏偏是宋江，而且只有一個宋江。尤其是殺人執行人李逵，在朱仝要殺他時，暴怒道：「是晁、宋二哥哥將令，干我屁事！」可見，殺人行動是在山上就決定好的。

其二，宋江説是吳用見朱仝不願上山，一時定的殺人之計，有一個破綻：吳用、雷橫在勸説朱仝的時候，並沒有和李逵單獨接觸下達殺害小衙內命令的機會。事實上，在雷橫、吳用把朱仝引開的同時，李逵就已經出手，根本就不是等到朱仝拒絕以後才動手的。

其三，如果宋江不是早就預謀好了要殺害小衙內，他們無須派李逵這樣的闖禍王去濟州。就這次行動而言，要殺人，李逵是最佳人選；不殺人，李逵是最差人選。

我們舉一個例子看看。後來吳用要上東京去哄騙盧俊義上山，點名要一個粗心膽大的去，李逵一聽，馬上報名。

宋江怎麼説？宋江喝道：「兄弟，你且住着！若是上風放火，下風殺人，打家劫舍，衝州撞府，合用着你。這是做細作的勾當，你這性子怎去得？」所以，如果不是派李逵去殺人，這樣的在敵人眼皮底下的策反工作，哪裡敢用莽撞的李逵。

其四，按照宋江的一貫作風，他不僅要朱仝上山，他還要絕了朱仝的歸路，讓他死心塌地，所以，小衙內非死不可。想當年，在清風山，為了逼秦明上山，絕了秦明歸路，

不僅害死了秦明一家老小，讓秦明妻子懸首城頭，還洗蕩了幾個村莊，殺死了數百個無辜百姓。在他眼裡，一個小小衙內，有甚麼不忍下手的！

朱仝要和李逵廝併，被吳用等人拉住。朱仝道：「若有黑旋風時，我死也不上山去！」

其實，山上只要有宋江，就一定有李逵，有宋江這樣的頭領，就一定不缺李逵這樣不折不扣執行命令的人。

這樣的梁山，你去不去？

你還得去。因為你已經被徹底斷了後路。

宋江是名副其實的罪魁禍首。當初晁蓋上山，改變王倫的殺人作投名狀的黑道風氣，叮囑手下：「我等自今以後，不可傷害於人。」宋江來了，宋江改變了梁山的作風，他確實提升了梁山的管理水平，但是，卻在很大的程度上，降低了梁山的道德境界。

朱仝的屈服

　　雷橫打死了鄆城縣知縣的相好白秀英，知縣懷恨，一心要雷橫死，派朱仝押解雷橫去州裡判決。

　　朱仝知道雷橫去州裡必死，在路上私自放了雷橫，自己去頂罪，被斷了二十脊杖，刺配滄州牢城。滄州牢城曾經是林沖待過的地方，我們領教了那裡的黑暗和無道，但是我們不必為朱仝擔心，因為朱仝碰到了一個好人，這個好人就是滄州知府。

　　滄州知府見朱仝儀表非俗，貌如重棗，美髯過腹，並且知道他是因為私放雷橫而得罪，內心對朱仝便有了一份敬重，於是不讓他去牢城營服刑受苦役，而是留在本府聽候使

喚。知府的親生兒子小衙內方年四歲，生得端嚴美貌，也很親近朱仝，知府便吩咐朱仝早晚抱小衙內上街玩耍。

此時的朱仝，一心想的就是掙扎回鄉，和家裡妻兒團聚，重新回歸正常生活。有了這樣一個內心中敬重他、信任他並實際上關照他的知府，他的這個願望應該能實現並且不會等太久。

朱仝碰到滄州知府實在是運氣。

但滄州知府碰到朱仝卻是天大的晦氣——不是朱仝怎麼樣，而是朱仝有那麼幾個實在不怎麼樣的朋友。

剛剛半月，梁山的「朋友」來了——宋江、吳用要逼朱仝上山。

自從宋江上山之後，常常會逼迫一些人上山。雖然他們打着有福同享的旗號，實際上不過是拉更多的人下水，壯大自己。

在大街上，吳用、雷橫穩住朱仝，和朱仝說話，而李逵則趁機抱走了小衙內，一直抱到城外樹林裡，在僻靜無人處，一板斧把孩子的頭劈做兩半個！

朱仝在樹林裡找到小衙內，李逵在一邊拍着腰裡的板斧洋洋得意。朱仝追着李逵要拚命，追到柴進莊上。柴進告訴朱仝：「及時雨宋公明，寫一封密書，令吳學究、雷橫、黑旋風禮請足下上山，同聚大義。因見足下推阻不從，故意教李

達殺害了小衙內，先絕了足下歸路，只得上山坐把交椅。」

　　吳用、雷橫也說：「兄長，望乞恕罪，皆是宋公明哥哥將令，分付如此。」

　　朱仝對眾人說道：「若要我上山時，你只殺了黑旋風，與我出了這口氣，我便罷。」

　　李逵聽了大怒道：「教你咬我鳥！晁、宋二位哥哥將令，干我屁事！」

　　朱仝怒發，又要和李逵廝併，三個又勸住了。朱仝道：「若有黑旋風時，我死也不上山去！」

　　如果要我在梁山好漢中選一個最為正派正氣而為人厚道的人，我一定選朱仝。

　　他把世事看得明明白白，既理解同情梁山好漢的嘯聚山林，藏污納垢有容乃大，又堅持自己皓皓之白絕不自暴自棄；既知道世界污穢滔滔皆是，又操守自持絕不同流合污。

　　他救過晁蓋、吳用等打劫生辰綱的七人，救過宋江，剛剛不久，更是以自己的前途命運為犧牲，救了雷橫。

　　《水滸》中救人最多的，是朱仝；明明白白地用毀掉自己的方式去救人的，也是朱仝。

　　《水滸》是歌頌義氣的，而論講義氣，首屈一指之人，非朱仝莫屬。

　　但是，他救過的宋江、吳用，還有雷橫，是怎麼報答他的呢？

　　就是逼得他無法做人，逼得他無法按照自己的意願生活，無法按照自己的為人處世的原則生活。

　　他們這樣逼着朱仝上山，還美其名曰是報答對方！

　　更糟糕的是，他們這樣做，對一個活潑可愛的四歲孩子公平嗎？對孩子的父親，一個對朱仝頗為關照、心地頗為正派善良的地方官員——滄州知府公正嗎？

　　後來滄州知府親自到城外樹林中來看兒子的屍首，痛哭不已，備辦棺木燒化。

　　這是何等的人間慘劇！

　　這齣慘劇的導演，是宋江，副導演，是吳用，而主演，則是李逵。

　　朱仝説，若有李逵在山上，他死也不上山去。

　　他真正想説的，難道不是：宋江、吳用的梁山，他死也不願意去！

　　但是，確實如宋江吳用設計的，此時的朱仝，除了上梁山，還真是無路可走了。

　　朱仝明白這齣戲的導演是宋江、吳用，但他卻只是斥責李逵，把懲罰李逵作為上梁山的條件，而放過追罪宋江、吳用，他已經在自欺欺人，已經在內心裡屈服，已經在自己鋪築通向梁山的台階。

是的，他上梁山了。他屈服了。

這是一個令人難以為懷的事件。朱全的屈服與此前秦明的屈服相比，更讓人心意難平。

秦明是一個缺少心肝的人，而朱全，則是如此宅心仁厚，內心中充滿人性的溫暖！

它照出了梁山陰暗的一面，殘忍的一面。

也顯示了朱全這樣被梁山逼上梁山的好漢們內心的巨大創傷，他們在走投無路之時無奈與隱忍。

有意思的是，朱全上山以後，根本就沒有向宋江問起這件事。

不必問，大家彼此心照不宣。

一個無路可走的人，已經沒有問責別人的資本，也沒有了問責別人的心氣。

馬幼垣先生說，朱全上梁山後，把這一切都寬恕了。說他是「惟大智慧能饒恕，獨仁厚能剛大」。（《水滸人物之最》）

我則認為，朱全未必有這麼高的精神境界，他只是有着無法言說的憂傷與無奈。

面對着無比巨大的黑暗存在，尤其是這個黑暗存在還標榜着仁義道德，擁有無數不明真相或揣着聰明裝糊塗的擁蠆，渺小的個人不僅沒有抗爭取勝的可能，也沒有成為烈士

的道德光榮，甚至還會被抹黑為小丑或奸邪之徒——在這樣的絕望之中，只能隱忍與屈服。

這種絕望，不再是對一己得失的絕望，而是對世道的絕望，對人性的絕望；不僅是對現實的絕望，甚至是對未來的絕望，絕望到萬劫不復，絕望到斬盡殺絕，絕望到天地玄黃，絕望到宇宙洪荒——面對如此荒涼的世界，誰能不形如槁木，心如死灰！

這個世界獨缺莽撞人

　　三山聚義打青州後，魯智深上了梁山。

　　甫一安頓，他便向宋江請求下山去華州華陰縣少華山去找兄弟史進，要拉他一同上山入夥。

　　宋江便派武松隨魯智深一起去少華山。到了少華山，見了朱武等人，卻不見史進。原來，華州現任賀太守，原是宋代六大奸臣之一蔡京的門人，為官貪濫，非理害民。他強搶了王義的女兒玉嬌枝，並把王義刺配遠惡軍州。史進救下王義，聽完王義訴說，義憤填膺，當即去太守府刺殺賀太守，刺殺不成，反被捉拿，監在牢裡。

　　魯智深一聽，怒曰：「這撮鳥敢如此無禮！倒恁麼利害！酒家便去結果了那廝！」

　　武松、朱武等人趕緊攔住他，告訴他：天色已晚，要結果那廝，也只有等到明天。

　　這一晚，在少華山山寨，朱武等人盛情款待，魯智深卻說：「史家兄弟不在這裡，酒是一滴不吃！要便睡一夜，明日卻去州裡打死那廝便罷！」

　　見魯智深如此焦躁、莽撞，做事穩妥精細的武松和朱武等人都力勸他不可造次。魯智深對着朱武破口大罵：「都是你這般性慢直娘賊，送了俺史家兄弟！只今性命在他人手裡，還要飲酒細商！」

　　智深兄弟這下可罵對了：這世界有時候還真不缺少精細人，遇事也還真不缺少細商的人，不缺少哈姆雷特式的猶猶豫豫的人，就缺少莽撞人。

　　《水滸》中最讓我們快意的人，恰是莽撞人，最讓我們快意的事，恰是莽撞人幹的莽撞事。

　　魯達拳打鎮關西，李逵腳踢殷天錫，楊志刀劈沒毛大蟲，燕青摔翻高太尉，哪一個不是莽撞人，哪一件不是莽撞事，又哪一件不是讓我們痛飲一杯，大呼快哉的事？

　　反過來說，沒有莽撞人，誰送鎮關西上路？沒有莽撞

人，誰送殷天錫歸西？沒有莽撞人，沒毛大蟲橫行街頭何時了？沒有莽撞人，流氓太尉作惡朝廷誰教訓？！

這世上很多事，要莽撞人做，這青天白日下的天道，要莽撞人行！

第二天，天還沒亮，武松一睜眼，發現魯智深沒了。哪去了？大家心裡都明白：去華州城了！

他一人獨闖華州城，要完成三項任務：救史進，救玉嬌枝，殺太守！

這是一個不可能完成的任務。武松知道，朱武知道，魯智深也知道。但他在沒有更好的辦法的情況下，只能如此。如此，便見出兄弟情分，便見出疾惡如仇，便見出勇氣，見出英雄氣概。英雄會在挺身而出時遭遇失敗，但不會因為怕遭遇失敗而畏首畏尾。

實際上，縱觀魯智深一生，他是一個不求成功，只求成仁的人，這與武松做事，務求成功形成鮮明對比。

武松讓人放心，只要他出手，就能搞定一切。

但魯智深讓人動心，只要有需要，哪怕他未必能搞定，他也一定會出手。

武松不打無把握之仗。

魯智深卻相反：只要是該打的仗，無把握也要打。拋頭顱灑熱血，心甘情願，上刀山下火海，在所不辭。

這是莽撞，也是境界。是的，莽撞，往往是一種境界。

這世界上很多大事、要事是莽撞人做的。

莽撞人往往幹成了大事，幹了大家都希望有人幹而自己不敢幹的事，幹了大家希望有人幹而自己算計得失後不願幹的事。而且幹得不折不扣，斬絕痛快。

莽撞人，往往是真君子、真漢子。

歷史上多少大事是莽撞人幹的啊，歷史上有多少偉大的莽撞人啊。

陳勝、吳廣是不是莽撞人？數百衣衫襤褸的鄉下農民，折木為兵，揭竿為旗，與殘暴國家的鐵甲虎賁決死疆場，骨肉與眼淚同飛，鮮血共夕陽一色，沒有莽撞精神，面對秦失其政，何來大澤鄉首義！

劉邦是不是莽撞人？押送戍卒途中，憐憫眼前的哀哀無告，憤懣朝廷的倒行逆施，親解長繩，釋放囚徒，縱無辜入江湖大澤，逃生去也；投自己於湯濩鼎烹，納命來者——非莽撞何以感激眾人，非莽撞何以號令天下！

項羽是不是莽撞人？面對十倍於自己訓練有素的虎狼之師，麾動手下破敗膽寒的疲老之卒，橫渡黃河，破釜沉舟，置自己於死地，對強敵而長嘯，呼聲與戰鼓齊鳴，死神與刀劍齊舞，決戰巨鹿，以青春、激情與熱血湮滅暴秦，為天下

人衝決出一條生路，這樣偉大的事業，非莽撞不足以成就！

　　正是這四個莽撞人，革了暴秦的命，為千秋萬世，樹立了革命的傳統，為千秋萬世的小民，示範出求生之路，為千秋萬年的殘賊貪腐，警示出他們的最終下場！

魯智深的高貴

《水滸》中的英雄，大多數是無謀的，不，正確的說法是「不謀」，他們做事，只是出於一種看起來比較簡單的價值判斷。如同李贄說的，出於最初一念之本心的童心，這種最初一念之本心，就是孟子說的是非之心：對的，就去做，錯的，就不做；善的，就去扶，惡的，就去打。見義勇為，容不得反反覆覆的算計。

天堂一定是由這些簡簡單單的人物組成的，而精於算計的人只能組成地獄。

魯智深就是不謀的典型。

就做事而言，魯智深有兩個特點。

一是做前三不：不惹事，不生事，不怕事。

二是做後三不：不悔，不怨，不惜。不悔已做的，不怨受惠的，不惜失去的。

他有一句格言：殺人須見血，救人須救徹。所以，他做事，堅決、乾淨、徹底，不瞻前顧後，不猶豫不決，不三思而行。沒有那麼多的算計，更沒有自身利益的考慮。他就因此把自己的生活毀了。但即使這樣，他也不思量，不後悔，對自己被毀掉的生活毫不留戀，並且，以後如何？也毫不在意。他只是一條禪杖，一領直裰，一頂光頭，赤條條來去無牽掛，飄飄然瀟瀟走天下，難怪他是三十六天罡中的天孤星！

金聖歎曾用四個「遇」字說魯智深：遇酒便吃，遇事便做，遇弱便扶，遇硬便打。這後面三句，我都沒有意見，只「遇酒便吃」四字，委實冤枉了我們的智深兄弟，他固然是好酒，但不貪酒，不酗酒。

事實上，他常常是遇酒不吃——在桃花山，因為不喜歡李忠、周通的為人，滿桌的酒他便沒吃；在瓦罐寺，在極度飢餓中，面對着一桌酒菜和崔道成的邀請，他也沒吃；在暗中尾隨保護林沖的途中，他也一路不吃酒；在華州，急於救史進的他，面對着朱武等人殺牛宰馬和美酒，他仍是「一滴不吃」！

他是率性而為的人，又是內心極有分寸的人。

率性和分寸是一對矛盾，要處理好，很難。

率性可愛，有分寸可敬。

李逵比魯智深更率性，所以有時候比他更可愛。但李逵往往沒分寸，讓人害怕，所以沒有魯智深可敬。

武松分寸感極強，所以很可敬。但不夠率性，所以不如魯智深可愛。

既可敬又可愛，這正是他高於李逵、武松等人的地方。

他的不謀，由於兩個原因。

一是他不怕。他不計後果，別人還在琢磨、猶豫，他已挺身而出了。

二是他不躲。「遇弱便扶，遇強便打」，這正是一般人難以企及的境界。遇到弱，還謀甚麼？扶就是了；遇到強，還謀甚麼？打就是了。

魯智深就是這樣一個簡單的人，他的魅力，就來自於他的這種簡單，我們就愛他的這份簡單，單純，他幾乎是隨遇而安，坦然接受命運。他人生最重要的一次挫折和轉折，是打死鎮關西之後，不得不做了和尚。他在軍界特別適合（他武功一流），並且已有相當基礎與人緣（老種經略相公與小種經略相公都很欣賞他），按說前程遠大。一下子變成了他極不適

應的和尚，按我們的想法，他一定非常痛苦，但是，他竟然坦然接受了。而且，接受之後，他竟然就認了，以後他有很多還俗再作軍官的機會，他都終身不改——一件直裰，一穿終身。令我們非常吃驚的是，他還就真的成了正果。

嗨，誰知道我們的正果在哪裡等着我們呢？這世界上的事，誰能說得清呢？我們自己算來算去，機關算盡，誰知道上帝會怎麼播弄我們呢？套用「讓上帝的歸上帝，撒旦的歸撒旦」，讓上帝的歸上帝，自己的歸自己吧。甚麼是上帝的？我們的命運，出處窮通；甚麼是我們的？擔當在人間碰上的一切。

簡單到最後，就是智慧。

魯智深是甚麼？是一種精神，是一種高貴，是一種令人心儀的氣質。是《水滸》這部小說給我們樹立的一個人格精神坐標。

文學是塑造精神氣質的。好的文學，總是建立一種人格坐標，使我們相信人類自己，相信我們自身的高貴，從而，使我們雖然身處不完美的現在，但，相信未來。

可以這樣說，在《水滸傳》中，不同的人物故事體現出不同的文學意義。魯智深這個人物形象的文學意義，就是讓我們知道，在這個不完美甚至醜陋的世界上，還有高貴。在小人麇集的世界上，還有這樣高貴的人，我們還可以擁有一種尊貴的人生。

《水滸》的語義學

　　三山聚義打青州後，魯智深上了梁山，成了梁山步軍十頭領之首。

　　魯智深上梁山時，此前他所結交的朋友兄弟中，楊志、武松、李忠、周通一同入夥，而林沖早已在梁山落草，只有一個人尚未到來。他就是遠在華州華陰縣少華山落草的史進。

　　自從與魯智深在瓦罐寺一別之後，我們再也沒有聽說過史進的消息。他的境況如何呢？

　　其實，魯智深把史進「無一日不在心上」的掛念。上了梁山後，便向宋江請求，去少華山取他及朱武、陳達、楊春四個同來入夥。

可是，等他和武松來到少華山下，卻只見朱武等三人，不見史進。朱武告訴魯智深：有一個北京大名府的畫匠，姓王，名義。因許下西嶽華山金天聖帝廟內妝畫影壁，前去還願。因為帶將一個女兒，名喚玉嬌枝同行，卻被本州賀太守見了玉嬌枝有些顏色，強奪了去為妾。又把王義刺配遠惡軍州。路經少華山下，史大官人將兩個防送公人殺了，把王義救在山上，又直去府裡要刺賀太守；刺殺不成，反被擒拿，現監在牢裡。而賀太守還要聚起軍馬，掃蕩山寨。

這地方有一個常常被粗心人疏忽的細節：那就是，這個被賀太守搶去的女孩兒，既是王義之女，為何不叫「王嬌枝」而叫「玉嬌枝」？

其實，這裡正蘊含着《水滸》的語義學。

我們看，魯智深救的姑娘，叫金翠蓮，姓金；史進救的本來姓王，卻偏要叫做「玉嬌枝」，硬讓她姓了「玉」，這正是要和魯智深的金翠蓮湊成一金一玉的一對。金玉金玉，金枝玉葉，乃寶貴之物，寶貴之物正遭受玷污、踐蹋，需要有大英雄不惜犯大難，冒大險而救之。

而「玉嬌枝」的父親「王義」是更加有意思的姓名。《水滸》這部小說，其核心就是一個「義」字，但這「義」，不僅是大家常說的兄弟情分，哥們義氣，而是有更深厚的內容。這更深厚的內容就暗寓在「王義」這個名字中。

　　「王」在中國文化中，有特別的意義，不僅僅是一個姓，也不僅僅是指現實中的國王、王公大人等等，它還指一種政治理想，就是所謂的王道，它來自所謂的「先王」，也就是指古代的聖王，像堯、舜、禹、商湯、周文王、周武王等等，這些聖王在時，天下太平，公道，人民安居樂業，所以那時的天下，是王道，是樂土，並且陽光普照，「溥天之下，莫非王土；率土之濱，莫非王臣」（《詩經・小雅・北山》），都是王土，也就是都是樂土；都是王臣，也就是都是善良之輩，幸福之人。等到後來，王成了暴君，清官成了貪官，廉吏成了污吏，「王道」就消失了。《水滸》作者把這個被賀太守發配又被史進救出的畫家，叫做「王義」，是有象徵意味的。王義就是王之義，先王之義，聖王之義，現在，王之義已經被貪官們發配流放，被他們徹底拋棄了，朝廷、官場已經找不到義了，「義」被他們流放了，又竟然被強盜們救上山林中去了。

　　這是一個很深刻、很悲痛的政治寓言：義已被官家拋棄，義已不在朝廷，而在江湖，不在朝廷命官，而在江湖強盜。

　　這是多麼深刻的政治寓言？

　　這又是多麼沉痛的文學藝術？

　　到了這時，我們甚至可以明白，為甚麼這部小說的名字叫《水滸》了：

　　「水滸」本來就是指江湖，指王化之外的地方，那麼，義

既已不在朝廷，而在水滸，那麼，作者只好去作「水滸傳」，而不去作朝廷傳了。以前人們寫史，都是去傳帝王將相，明君賢臣，因為「義」在那裡。而施耐庵寫史，卻是去傳江湖俠盜，市井義士，也是因為「義」已流落至此。那些本來被正統文化排斥的人物進了史了，所以，《水滸傳》中一百零八人中第一個出場的是誰呢？是「史進」，為甚麼叫「史進」？就是因為這些人也進入了史了，可以名垂青史了。

而「史進」之出場，又是因為「王進」，注意又是一個「王」，王進被高俅排擠，報復，只得攜帶老娘，離開東京，淪落江湖，而且一別史進，就沒了下落，這裡的寓言仍然是：王道去了，霸道來了，王道淪落江湖了，江湖也就進入正史了。高俅來了，王進去了；王進去了，史進來了，一百零八人來了。高俅佔據了朝廷，義只能流落江湖，義既流落江湖，朝廷也就是匪盜，江湖強盜反成了俠盜，義盜。作為史家，著史，既不能傳高俅這樣的賊臣，便只能去傳江湖的好漢——是之謂《水滸傳》。

《水滸》中的《西遊記》

讀《水滸》，讀着讀着，會恍惚：以為自己在讀《西遊記》。

比如這樣的場景：

宋江一人深夜在清風山上走，被一條絆腳索絆倒，隨後走出十四五個伏路小嘍囉來，把宋江捉翻，一條麻索縛了，將宋江解上山來。

押到山寨裡，小嘍囉把宋江捆做粽子相似，綁在將軍柱上，小嘍囉説道：「等大王酒醒時，剖這牛子心肝，做醒酒湯，我們大家吃塊新鮮肉。」

到二三更天氣，大王起來了，錦毛虎燕順。

燕順一看綁着個人，道：「正好！快去與我請得二位大王來同吃。」

這裡的描寫，是不是很像《西遊記》中類似的場景？

《西遊記》寫的是妖怪，《水滸傳》寫的是人類。

其實，《西遊記》中的妖怪，就是人類；《水滸傳》中的人類，往往也就是妖怪。

小嘍囉去不多時，只見廳側兩邊走上兩個好漢來：矮腳虎王英和白面郎君鄭天壽。

三個頭領坐下，王矮虎道：「孩兒們，正好做醒酒湯。快動手，取下這牛子心肝來，造三分醒酒酸辣湯來。」

這個王矮虎的口吻，是不是絕似《西遊記》中妖怪的口吻？

口口聲聲「大王」，口口聲聲「孩兒們」，都與《西遊記》如出一轍。

一個小嘍囉掇一大銅盆水來，放在宋江面前；又一個小嘍囉捲起袖子，手中明晃晃拿着一把剜心尖刀。那個掇水的小嘍囉，便把雙手潑起水來，澆那宋江心窩裡。宋江歎口氣道：「可惜宋江死在這裡！」

這種故弄的驚險，也正是《西遊記》的套路。

這一場景中，又是錦毛虎，又是王矮虎，又是白面郎君，就是《西遊記》中山中妖怪的稱呼。而宋江，像了唐僧。

還有更像的——武松像了孫悟空。

武松被發配至孟州牢城營。

差撥來點視，順便按照潛規則，要收取武松的「人情」。可是，他發現武松好像並未準備好送錢給他，便破口大罵。

武松道：「你到來發話，指望老爺送人情與你？」

「半文也沒！我精拳頭有一雙相送！」

半文的銀子當然沒有，國庫沒鑄造半文的銀子。

銀子少，沒半文；拳頭多，有一雙。

曾經送給景陽岡上的老虎。現在也可以送給你。

這已經夠氣人了。還有更氣人的。

下面話題一轉，銀子又有了：

「碎銀有些，留了自買酒吃！」

怎麼樣？老爺銀子有的是，就是不給你。

「看你怎地奈何我！沒地裡到把我發回陽谷縣去不成！」

我們此前知道，武松拳頭厲害。但他此時給我們展示了他的另一個特長：他的嘴巴也厲害。

他的拳頭可以殺人，他的嘴巴也能殺人。

這樣的伶牙俐齒，邪中含正，潑中有義，處弱勢而嘴不軟，在險地而心不驚，端的就是一個潑皮猴頭做派！

那差撥大怒。差撥只有大怒——現場還真的佔不了武松的

便宜。我們想想，孫猴子武功極高，確也常常敗陣。可是，他何曾讓別人在言語上佔過甚麼便宜？

猴頭的嘴上功夫高過手頭功夫。武松現在也是這樣。

大怒了的差撥只好去了。

不久，只見三四個人來單身房裡叫喚新到囚人武松。

武松應道：「老爺在這裡，又不走了，大呼小喝做甚麼！」

五六個軍漢押武松到點視廳前。管營喝叫除了行枷，下令開打一百殺威棒。一幫人便上來要按住武松。

武松道：「都不要你眾人鬧動；要打便打，也不要兜挖！我若是躲閃一棒的，不是打虎好漢！從先打過的都不算，從新再打起！我若叫一聲，便不是陽谷縣為事的好男子！」

聲口越來越像那個西遊的猴頭了。

以至於兩邊看的人都笑：「這癡漢弄死！且看他如何熬！」

可是，這武松今天要把「猴頭」進行到底。

——「要打便打毒些，不要人情棒兒，打我不快活！」

那些人「都笑起來」。

為甚麼笑啊？

這就是《西遊記》式的幽默效果啊！

不過，孫悟空是石頭裡蹦出來的，確實經打。武松可是爹娘生養的血肉之軀啊，他能頂得住無情毒打奪命棒嗎？這武二，還確實二。猴頭不也常常二勁十足麼？

可是，管營突然要將就他，問：「新到囚徒武松，你路上途中曾害甚病來？」

這是潛規則：大凡花了銀子或者有甚麼人情的，推說在押解來牢城營的路上患病未癒，就可以先免了這一百殺威棒，稱為「寄打」。管營此時的話，明顯是提醒武松，利用這個規定，免了這頓打。

但是，大出我們意外的是，武松並不領情。

武松道：「我於路不曾害！酒也吃得！肉也吃得！飯也吃得！路也走得！」

連續四個「也……得」，潑賴伶俐，典型的潑猴口吻。

但是，奇怪的是，今天管營好像鐵了心要周全他，道：「這廝是途中得病到這裡，我看他面皮才好，且寄下他這頓殺威棒。」

兩邊行杖的軍漢也看出了管營的想法，便低低地對武松道：「你快說病。這是相公將就你，你快只推曾害便了。」

武松道：「不曾害！不曾害！打了倒乾淨！我不要留這一頓『寄庫棒』！寄下倒是鉤腸債，幾時得了！」

連續兩個「不曾害」，何等不正經，何等調侃，何等撒潑！直讓我們懷疑：此刻的武松，被潑猴附身。

大概《水滸》的作者，此刻是被吳承恩附身吧。

好漢們的雙重人格

先看幾個場景。

場景一：清風山

宋江清風山山道上，被一條絆腳索絆倒，解上山來。

小嘍囉把宋江捆做粽子相似，綁在將軍柱上，小嘍囉説道：「等大王酒醒時，卻請起來，剖這牛子心肝，做醒酒湯，我們大家吃塊新鮮肉。」

二三更天氣，錦毛虎燕順、矮腳虎王英和白面郎君鄭天壽依次來到宋江面前坐下，王矮虎道：「孩兒們，正好做醒酒湯。快動手，取下這牛子心肝來，造三分醒酒酸辣湯來。」

一個小嘍囉掇一大銅盆水來，放在宋江面前；又一個小

嘍囉捲起袖子，手中明晃晃拿着一把剜心尖刀。那個掇水的小嘍囉，便把雙手潑起水來，澆那宋江心窩裡。宋江歎口氣道：「可惜宋江死在這裡！」

燕順一聽「宋江」兩字，便起身來問道：「兀那漢子，你認得宋江？」

宋江道：「只我便是宋江。」

燕順吃了一驚，等到確定他就是鄆城縣的及時雨宋江，便奪過小嘍囉手內尖刀，把麻索都割斷了，又把自身上披的棗紅紵絲衲襖脫下來，裹在宋江身上，抱在中間虎皮交椅上，喚起王矮虎、鄭天壽，三人納頭便拜。

場景二：揭陽鎮

因為薛永到鎮上賣藝沒有給穆弘、穆春交保護費，他們就吩咐鎮上人不准給賞錢，而一鎮的人果然就都不敢給賞錢。宋江在不知情的情況下給了薛永賞錢，一鎮的酒店都不敢賣酒飯給宋江等人吃。穆弘、穆春叫了賭房裡一夥人，趕去客店裡，拿得薛永，盡氣力打了一頓，把來吊在都頭家裡。準備明日送去江邊，捆做一塊，拋在江裡。

然後他們又追殺宋江等三人。

宋江三人被穆弘、穆春兄弟追到江邊，倉皇間上了張橫的船。宋江還感激張橫救了性命，哪知道這邊穆弘、穆春一走，他就變了臉，說道：「你這個撮鳥，兩個公人，平日最會

做私商的人，今日卻撞在老爺手裡！你三個卻是要吃『板刀麵』？卻是要吃『餛飩』？」

宋江道：「家長休要取笑！怎地喚做『板刀麵』？怎地是『餛飩』？」

張橫睜着眼道：「老爺和你耍甚鳥！若還要吃『板刀麵』時，俺有一把潑風也似快刀，我不消三刀五刀，我只一刀一個，都剁你三個人下水去！你若要吃『餛飩』時，你三個快脫了衣裳，都赤條條地跳下江裡自死。」

宋江討饒，張橫喝道：「你説甚麼閒話！饒你三個！我半個也不饒你。老爺喚作有名的『狗臉張爺爺』，來也不認得爹，去也不認得娘。你便都閉了鳥嘴，快下水裡去！」

宋江又求告道：「我們都把包裹內金銀、財帛、衣服等項，盡數與你，只饒了我三人性命。」

張橫摸出那把明晃晃板刀來，大喝道：「你三個好好快脫了衣裳，跳下江去。跳便跳，不跳時，老爺便剁下水裡去！」

正在此萬分危急之時，混江龍李俊和童威、童猛恰好趕到，告訴張橫此人是宋江，張橫一聽，撲翻身便拜。

李俊又叫來正在追捕宋江的穆弘、穆春兄弟二人，告知他們，他們要追捉的是山東及時雨宋公明，弟兄兩個撇了朴刀，又是撲翻身便拜！

順便再補一個不久前的場景：揭陽嶺上，宋江和兩個公

人被催命判官李立麻翻，要當做黃牛肉開剝。恰巧混江龍李俊帶着出洞蛟童威、翻江蜃童猛趕來。認出宋江，李立一聽此人是宋江，救醒宋江，納頭便拜。

場景三：江州牢城營

宋江流放途經梁山泊下，被梁山救上山，宋江堅決不願落草，晁蓋等人只好送他上路，吳用告訴宋江，江州節級戴宗是他的至愛相交，仗義疏財的朋友。

宋江要認識戴宗，故意不送錢給節級戴宗，等他來。

戴宗來了，怒不可遏，對着宋江罵道：「你這黑矮殺才，倚仗誰的勢要，不送常例錢來與我？」

又奔上來要打宋江，大喝道：「你這賊配軍，是我手裡行貨，輕咳嗽便是罪過。」

宋江道：「你便尋我過失，也不到得該死。」

戴宗怒道：「你說不該死，我要結果你也不難，只似打殺一個蒼蠅！」

宋江說出了吳用的名字。還告訴戴宗：「小可便是山東鄆城縣宋江。」

戴宗大驚，連忙作揖說道：「原來兄長正是及時雨宋公明。兄長，此間不是說話處，未敢下拜。同往城裡敍懷，請兄長便行。」

二人來到一個臨街酒肆中，戴宗望着宋江便拜。

結論：

這些「好漢」都有兩副面孔：一副是兄弟面孔，一副是惡霸、流氓、黑社會、貪官狡吏面孔。

假如宋江不是那個江湖上有名的「及時雨」，他死了多少回？

在宋江之前和之後，在清風山、揭陽鎮、揭陽嶺，還有戴宗的牢城張橫的船，有多少枉死的冤魂？

武二終究是武大

　　武松殺嫂，流放，經過有名的十字坡，識破孫二娘的蒙汗藥，壓翻孫二娘在地。張青趕來，求武松手下留情，又問：「願聞好漢大名！」武松道：「我行不更名，坐不改姓！都頭武松的便是！」

　　不知有多少讀者會注意到這個細節：武松在介紹自己時，前面有一個頭銜：都頭。這是不該被忽略的細節。今人的名片，也總要印上那些由體制任命或頒發的各種大大小小的頭銜，古今是一樣的風俗也。問題是，此時武松哪裡還是都頭？不過是一個流配的囚徒。追根究底，他做都頭也不過四個月不到，此前他也就是一個古惑仔，一個流浪江湖的逃犯。他二十

六歲（他初見潘金蓮時自稱二十五歲，此時過了一年）的生命裡，當都頭也就四個月，可是，這四個月的「都頭」，已經深深地烙印到他的生命裡了，已經成為他二十六年生命歷程中最值得驕傲、自豪和向人炫耀的東西了！

其實，一個小小的「都頭」，每個縣都有好幾個，更加庸才盡有。而能打虎，能轟轟烈烈為兄長報仇的，能有幾個呢？

但是，這些都不行，還是一個小小的體制內的職銜，才為人們承認！這真是讓天下英雄泄氣、無奈的現實！

張青道：「莫不是景陽岡打虎的武都頭？」武松回道：「然也！」

注意這個「然也」，是何等得意，何等自豪！可見武松骨子裡還是很為他的打虎經歷自豪。

但是，這樣的英雄事跡，還是不能夠支撐他的人生自信，必須要有一個體制內的職銜，方才覺得有面子。這種文化，拘束了多少英雄，扼殺了多少英雄！

這樣的文化，就是御用文化，就是奴隸文化。

這也是宋江後來處心積慮要招安，並且代表了大多數人的願望，從而獲得成功的重要原因之一。

接下來，武松讓張青救醒兩個公人，大家一起吃酒。座位如下：武松讓兩個公人上面坐了，張青、武松在下面朝上坐

了，孫二娘坐在橫頭。

武松何等人物？張青、孫二娘何等人物？但為甚麼偏偏兩個庸碌公人坐在上頭？——就因為是公人。公人就是公家人，是體制之內的人。體制之內的草，也壓過體制之外的鬱鬱青松！

可笑的是，這兩個公人剛剛還躺在剝人凳上。

剛才還要把你開膛破肚當牛肉賣，轉眼給你美酒佳餚把你當領導敬。

受壓迫受剝削的民眾，對公人，就給予這樣的兩種待遇。

區別只在於場合。並且次序常常顛倒。

武松到了孟州，幫施恩奪回了快活林，過了一段快活日子。一月之後的一天，孟州守禦兵馬都監張蒙方差人來請武松。張都監對武松道：「我聞知你是個大丈夫，男子漢，英雄無敵，敢與人同死同生。我帳前現缺恁地一個人，不知你肯與我做親隨梯己人麼？」

武松當即跪下，稱謝道：「小人是個牢城營內囚徒，若蒙恩相抬舉，小人當以執鞭隨鐙，服侍恩相。」

武松又一次給我們展示了他的「大人小樣」。

是的，武松是個大人，是個英雄，是個豪傑，是個好漢。

但是，他經常會露出他的「小樣」：有些諂媚，有些討好，有些巴結，有些奴顏，有些媚骨……

說得好聽一些，他吃軟不吃硬，知道感恩戴德。

說得難聽一些，一遇到權勢，一遇到權勢給他一點顏色，他馬上感激涕零，恨不能肝腦塗地以報。

陽谷縣知縣的一點賞識，抬舉他做個都頭，他就對知縣感激涕零，為知縣送貪賄之物上東京打點，盡心盡職；

施恩父子幾頓酒飯，幾句抬舉的話，就讓他百煉鋼化為繞指柔，甘心做人家的打手，還洋洋自得；

現在，張都監讓他到帳下做一個親隨，說白了，就是一個保鏢，他又感激得一口一聲自稱「小人」，一口一聲自認「囚徒」，馬上表白赤膽忠心，要為他執鞭隨鐙，鞍前馬後的侍候……

八月中秋。張都監讓武松參加他的中秋節家宴。又叫喚一個心愛的養娘，叫做玉蘭，指着玉蘭對武松道：「此女頗有些聰明，不惟善知音律，亦且極能針指。如你不嫌低微，數日之間，擇了良時，將來與你做個妻室。」

武松又一次感激涕零，起身再拜，道：「量小人何者之人，怎敢望恩相宅眷為妻。枉自折武松的草料！」

這話我們怎麼這麼耳熟？

是了，當初，施恩的父親要施恩結拜武松為兄，武松也誠惶誠恐，說「枉自折了武松的草料」，現在，張都監要把自家的養娘嫁給武松，武松又說「枉自折武松的草料」。

甚麼英雄，甚麼好漢，在這些官宦面前，不過是草料！

無論你是多麼大的英雄，只要你無有官職，不論你碰到多麼小的芝麻粒大官，你馬上就泄氣了，馬上就吃癟了，英雄馬上就成了狗熊了⋯⋯

武松能打虎，是人中之俊傑，可是，碰到一個小小的縣令，一個小小的監獄長，一個都監，馬上他就立地矮了三尺，武二矮成了武大，成了精神上的武大郎，人格上的三寸丁穀樹皮。

武二啊，終究還是個武大。

通往奴役之路

在《水滸》一百零八人中，李逵是最胡作非為的一個，是最天不怕地不怕，心中眼裡最沒有規矩，隨時打破規矩的一個。

他好像總要找點事，生點事，他是梁山第一盞不省油的燈，梁山好漢，誰都怕和李逵一起出差。蓋他隨時可以做出來，惹是生非，無事生非，防不勝防，與他在一起，提心吊膽，擦不完的屁股。

按說，這樣的人，天生不服管。

但是，這樣的人，往往又總是怕着一個人，服着一個人的管。李逵在江州牢城營做牢子時，就服一個人管：戴宗。

宋江刺配江州，與戴宗相見，二人在江州臨街的一家酒肆吃酒。才飲得兩三杯酒，只聽樓下喧鬧起來，過賣連忙走入閣子來，對戴宗說道：「這個人只除非是院長說得他下，沒奈何，煩院長去解拆則個。」

戴宗問道：「在樓下作鬧的是誰？」

過賣道：「便是時常同院長走的那個喚做鐵牛李大哥，在底下尋主人家借錢。」

戴宗笑道：「又是這廝在下面無禮，我只道是甚麼人。兄長少坐，我去叫了這廝上來。」

戴宗便起身下去，不多時，引着一個黑凜凜大漢上樓來。就是李逵了。

他為甚麼如此服戴宗？為甚麼只有戴宗一個人說得他下？

因為，戴宗是他生計的來源，是罩着他的人。

李逵看着宋江問戴宗道：「哥哥，這黑漢子是誰？」

戴宗告訴李逵：「這位仁兄，便是閒常你要去投奔他的義士哥哥。」

李逵衝口而出：「莫不是山東及時雨黑宋江？」

戴宗喝道：「咄！你這廝敢如此犯上，直言叫喚，全不識些高低，兀自不快下拜等幾時？」

李逵道：「若真個是宋公明，我便下拜；若是閒人，我卻

拜甚鳥！」

同一個人，站在面前，若是宋江，便是哥哥；若不是宋江，便是鳥。

是宋江，當然拜；是鳥，卻拜甚鳥！

邏輯上完全正確。

可是，為甚麼不是宋江就是鳥？

因為除宋江外，他全不服。

為甚麼就服宋江？為甚麼李逵閒常總說要去投奔宋江？因為宋江是「及時雨」。

及時雨者，及時銀子而已。

李逵拜了宋江，大家坐下吃酒。

宋江問道：「卻才大哥為何在樓下發怒？」其實，這宋江早已知道。他只是要挑起話頭，以便及時送出銀子。果然，李逵說是為了向別人借十兩銀子，別人不借。宋江馬上便去身邊取出十兩銀子，把與李逵——及時雨。

李逵接得銀子，道：「我去了便來。」推開簾子，下樓去了。

李逵得了這個銀子，馬上去賭錢。只兩把，就把這十兩銀子輸掉了。

輸掉了，卻不服輸，要賴賬，直至大打出手，他就地下攜了他輸掉的銀子，又搶了別人賭的十來兩銀子。急得十二

三個賭博的一齊上，要奪回被李逵搶走的銀子。李逵指東打西，指南打北，打得這些人沒地躲處，然後一腳踢開了門，便走。

那夥人隨後趕將出來，都只在門前叫喊，沒一個敢近前來討。

正在這時，李逵卻突然滿臉惶恐，非常害怕。

他的面前出現了兩個人：戴宗和宋江。

李逵惶恐滿面，便道：「哥哥休怪，鐵牛閒常只是賭直，今日不想輸了哥哥銀子，又沒得些錢來相請哥哥，喉急了，時下做出這些不直來。」

宋江聽了，大笑道：「賢弟但要銀子使用，只顧來問我討。」

笑聲大，口氣大。

笑聲大，讓周圍的人聽，顯示自己。

口氣大，是要把自己說得很有身份。

那就顯得李逵很沒有身份。

這句話，明顯地已經顯示出宋江在李逵面前的心理優勢。

這個優勢建立在甚麼基礎上？銀子。

宋江又說：「今日既是明明地輸與他了，快把來還他。」

這口氣，是命令，又是哄他。

雙方的身份關係出來了：我是老大。

剛才還蠻橫無理的李逵，一下子特別乖，從布衫兜裡取出銀子來，都遞在宋江手裡。

這是一個特別有意思的細節。

按說，李逵應該把錢直接還給小張乙，可是，他卻交給了宋江，再由宋江交給小張乙。

在心理上，李逵已經完全臣服宋江，把他看作自己的主人了。

鐵牛瞬間成小貓。

十兩銀子，宋江就買到了一個奴隸。

十兩銀子，李逵就丟掉了尊嚴。

宋江叫過小張乙來，把銀子給他。小張乙只拿了自己的，把原先李逵的十兩原銀不要了，他怕李逵報復。

宋江堅持給了小張乙，道：「兄弟自不敢來了，我自着他去。」

這是當眾宣佈：我可以支配李逵。

李逵不敢來了，意思是：有我在，他不敢。

如果一個人有自尊心，有平等意識，如此被人在人前埋汰擠兌，一定很不高興，但李逵卻毫不知覺。

他甚至還覺得很溫暖：又有人罩着他了。

人是多麼容易成為奴隸啊。

林沖的斯德哥爾摩綜合徵

　　林沖被誘騙，持刀誤入白虎節堂，高俅定了他一個「擅闖節堂，欲刺本官」的死罪罪名，發付到開封府，想藉開封府的刀砍林沖的頭。

　　林沖家人自來送飯，一面使錢，林沖的丈人張教頭也來買上告下，使用財帛，再加上一個當案的孔目孫定一意周全，終於得免死罪，判了脊杖二十，刺配滄州牢城。當即刺了面頰，當廳打一面七斤半團頭鐵葉護身枷戴上，貼上封皮，押了一道牒文，差公人董超、薛霸押送林沖出開封府來。林沖的丈人和眾鄰舍在府前接着，到州橋下酒店裡坐定。林沖卻在此時，當着眾鄰居的面，對老丈人說要休妻：

今小人遭這場橫事，配去滄州，生死存亡未保。娘子在家，小人心去不穩，誠恐高衙內威逼這頭親事；況兼青春年少，休為林沖誤了前程。卻是林沖自行主張，非他人逼迫。小人今日就高鄰在此，明白立紙休書，任從改嫁，並無爭執。如此，林沖去得心穩，免得高衙內陷害。

前面說好說歹，好像是為了娘子考慮，擔心她誤了青春，但最後一句「免得高衙內陷害」，卻吐露了心跡：原來，他是擔心高衙內不放過他，所以主動交出自己的老婆！

有一個詞，叫「壯夫斷腕」，很悲壯的一個詞。而林沖這樣做，叫甚麼呢？只能叫「懦夫斷腕」，很可悲。

而且，他還是「今日就高鄰在此，明白立紙休書，任從改嫁，並無爭執」。為甚麼要當着眾高鄰的面？因為要大家做個證見，他已經當眾表態放棄，從此與他無關了，甚麼叫「明白」立紙休書？要讓誰明白？就是要讓高衙內明白，我已放棄了老婆，任從她改嫁，剩下的事是你高衙內與我老婆的事了，與張教頭的事了，與我無關了，你不用再陷害我了！

你看，高衙內、陸謙、高俅等人的步步緊逼的陷害，不是讓他憤怒，而是讓他懼怕，當我們對壞人的怕壓倒了恨，畏懼壓倒了憤怒，我們不就只有屈服一途？

更糟糕的是，因為他的這場橫事，明明白白的是高俅高

衙內父子陷害，他此時做出的這種丟妻保夫懦夫斷腕的事，明明白白是被逼無奈，眾高鄰都心知肚明，他卻偏偏要申明：卻是林沖自行主張，非他人逼迫。他為誰開脫呢？當然是為高俅父子開脫，但是為甚麼他要為他們開脫呢？

他還想以此討得他們的歡心，使他們對他的迫害放鬆一些，甚至，良心發現，還能關照他一些。一個人，一旦被對方徹底打敗，被對方徹底控制，對對方無比恐懼，對方越是壓迫他，他越是要表現出忠心耿耿的樣子，甚至幫着對方出主意，保護對方。這種現象，現代心理學把它稱為「斯德哥爾摩情結」或「斯德哥爾摩綜合徵」。

所謂斯德哥爾摩綜合徵或情結，是指犯罪事件的被害者對於犯罪者產生情感，甚至反過來幫助犯罪者的一種情結。這個情結來自 1973 年發生在瑞典斯德哥爾摩的一椿銀行綁架案。

在警方與歹徒僵持了一百三十個小時之後，此事因歹徒放棄而結束，然而四名受害者在事後都表明並不痛恨歹徒，並表達了他們對歹徒非但沒有傷害他們卻對他們加以照顧的感激，相反，他們卻對施救他們的警察採取敵對態度。事後，被綁架的人質中一名女職員竟然還愛上一名綁匪並與他訂婚。

斯德哥爾摩情結的本質在於：在加害者處於完全優勢的情況下，被害者不能逃離加害者圈定的博弈母系統。加害者行為在本質上的不正當就被忽略，而生存第一的首要目標就會導致被害者產生合作的行動。

在權力社會裡，權力擁有者處於完全的優勢，被權力侵害的人無法擺脫權力這個母系統，於是，權力擁有者行為的不正當就被忽略。而為了生存，為了不至於招致更大的迫害，受害者就會產生與施害者合作的衝動，並對施害者沒有採取更極端的傷害心存感激。

林沖現在實際上就是處於這樣一種心理狀態之中。你高衙內不是要我的老婆嗎？我配合，你拿去。而且，我還要表明，這是我自覺自願的行為。

當然，林沖表明休妻出於自願，還有自身的面子問題。如果讓眾高鄰知道自己是被人逼迫而放棄老婆，那多麼丟人吶？所以，他要說自己是為老婆考慮，擔心誤了她的青春，所以他自行主張，為老婆做出犧牲。懦夫的行為變成了勇於自我犧牲的英雄行為了。

由此，我們可以得出一個結論：林沖在開封府這段囚禁待審期間，他已嚇破了膽，並且出現了「斯德哥爾摩綜合徵」，在這種特定的心理狀態下，經過深思熟慮之後，決定拋妻救己。

但站在林沖的立場上，他的這種想法有他的道理，有他的合理性，世界上的事情，奇奇怪怪的，但總有一個角度讓你看到它的合理性。如果從任何角度看都不合理，它就不會存在。這就是黑格爾的名言「一切存在的都是合理的」的含義吧。

林沖的位子

林沖被陷害，董超、薛霸押送他去滄州。

天氣酷熱，林沖的棒傷復發了，路上一步挨一步，走不動，二位公人一個唱白臉，一個唱紅臉，開始折磨林沖。晚間投宿村中客店，林沖不等公人開口，趕緊去包裹裡取些碎銀兩，央求店小二買酒買肉，安排盤饌，請兩個公人坐了吃。很主動。

要知道他請的這兩個人，是一路上折磨他踐踏他，不把他當人的人！金聖歎在此句下批曰：可憐。

他這樣低三下四低聲下氣，一意討好，討來了甚麼呢？

是董薛二人設計燙傷了林沖的腳，並在野豬林裡要取他

的性命。好在被魯智深救了。

自從被高太尉設計陷害，關進開封府大牢直至此時，一直被蹂躪不當人的林沖，也終於揚眉吐氣做了一回人，而且還是人上人：先是魯智深在前面走，兩個公人「扶着林沖，又替他扛了包裹，同跟出林子來」。後來，魯智深更是討了一輛車子，讓林沖上車躺着走，坐着走，像個地主；魯智深扛着禪杖，監押着兩個公人跟着車子慢着走，緊着走，像個狗腿子。

魯智深一路買酒買肉，將息林沖，兩個公人打火做飯，小心侍候。

此時，林沖很有地位。

十七八日後，林沖身體已基本康復，離滄州也只有七十來里路程。魯智深辭去。魯智深這邊一走，林沖和兩個公人又上路，到了晌午，進了一家酒店，三個人入到裡面來，林沖讓兩個公人上首坐了——又很主動。

《水滸》接着寫：「董薛二人，半日方才得自在。」

魯智深走了，董薛二人得自在，很正常。令人惆悵的是，魯智深一走，林沖馬上又不自在了——他又「主動」讓兩個公人上首坐了，自己又坐到了下面，他又回到了受人欺凌的角色，又是一副巴結討好的面孔了。

對外在強權的依賴和服從，已成為林沖的深入骨髓的頑疾，魯智深這一外在強權沒有介入時，他一路任人宰割，九

死一生亦不敢有怨言，當魯智深從天而降，憑着一條鐵禪杖給他撐腰時，他過了十七八天正常人的日子，並且養好了備受折磨的身體，連心情也是舒展的。

但是，魯智深一走，他馬上又非常自覺地回到了自己原先的位子上，飯桌上的坐位很有意味，它隱喻着林沖和兩個公人，各自找回了原先的感覺，找回了原先的位子。

不難想像，如果前面的路程還很遠，而且再沒有其他外力的介入，二位公人高高在上，頤指氣使，林沖低聲下氣諾諾連聲的情景馬上又會出現。

好在，這段苦難之旅已到終點，而且就是在這僅餘的七十來里地裡，還真的又有了一個強勢的外力介入——柴進的出現，使得林沖僥倖擺脫了再受奴役的命運。

柴進巧遇林沖，當即攜住林沖的手同行到莊上來，柴進再三謙讓，柴進坐了主席，林沖坐了客席，董超、薛霸坐在林沖肩下——有了柴進這個外力的加入，林沖又有了位子了。

而兩個公人，又只是陪坐了。

林沖從誤入白虎節堂開始，就成了階下囚。現在，他成了座上賓了。

可是，當林沖在柴進莊上接受柴進的款待與敬意，大家飲酒敍談時，只見莊客來報道：「教師來也。」

——誰呢？原來是柴進不久前聘任的私人槍棒教練洪教頭。

只見洪教頭入來，歪戴着一頂頭巾，挺着脯子，來到後堂。林沖尋思：此人是大官人的師父，不能不特別恭敬。於是急急躬身唱喏道：「林沖謹參。」

那人全不睬着，也不還禮。

林沖不敢抬頭。

柴進看出尷尬，趕緊自己出面解救，指着林沖對洪教頭道：「這位便是東京八十萬禁軍槍棒教頭林武師林沖的便是，就請相見。」

你看，柴進特意用一個長句子鄭重介紹林沖，不惜使用過度的修飾語，甚至囉嗦重複，不光是顯示自己對林沖的重視，更以此提醒洪教頭，不可怠慢。

林沖聽了，當然明白柴進的意思，人家如此重視自己，自己也鄭重起來，趕緊起身，看着洪教頭便拜。

那洪教頭卻冷冷地說道：「休拜。起來。」而且不躬身答禮。

柴進要他倆相見。何為相見？就是兩者互相拜見。林沖拜見了洪教頭，但洪教頭沒有拜見林沖。

林沖有眼色，洪教頭無禮貌。

林沖拜了兩拜，起身讓洪教頭坐。還是很主動。

洪教頭亦不相讓，走去上首便坐。

柴進看了，又不喜歡。林沖只得肩下坐了。

兩個公人亦就坐了。

可憐的林沖，位子又沒了。

回顧一下林沖在滄州道上的位子：魯智深沒來之前，沒位子；魯智深來了以後，有位子；魯智深走了以後，又沒了位子。柴進來了，又有了位子；剛有了位子，洪教頭來了，洪教頭來了，又沒了位子。

沒位子，是由於被強權欺負。有位子，是由於更大強權的保護。

林沖從來沒有想到過自己爭取或保護自己的位子。

誰打翻了洪教頭

《水滸傳》中的洪教頭，是一個蹊蹺的人。為甚麼這樣說呢？

第一，他來無蹤。他出場，是在柴進招待林沖的時候，我們看看《水滸》寫洪教頭出場的文字：

只見莊客來報道：「教師來也。」柴進道：「就請來一處坐地相會亦好。快抬一張桌來。」

林沖起身看時，只見那個教師入來，歪戴着一頂頭巾，挺着脯子，來到後堂。林沖尋思道：「莊客稱他做教師，必是大官人的師父。」

急急躬身唱喏道：「林沖謹參。」

那人全不睬着，也不還禮。

林沖不敢抬頭。

柴進指着林沖對洪教頭道：……

從「那個教師」，「那人」，突然就變成了「洪教頭」，毫無介紹。這是《水滸》的一個不大不小的漏洞。

第二，他去無影。本回過後，他再也沒有出場。這也不算過分，過分的是，作者並沒有給他一個下場就忘掉他了。

其實，洪教頭只是一個符號，一個跑龍套的角色——他是為林沖作襯托的，所以，召之即來，揮之即去。

第三，就是這樣一個來無蹤，去無影的人，偏偏為讀《水滸》的人記得深。我猜測很可能林沖與洪教頭的故事，是早期話本的殘留。因為精彩，又因為能特別襯托林沖的命運、性格、武功，就保留下來了。

打一個比喻：在林沖的故事裡，洪教頭是一個大紅補丁。雖則是補丁，卻色澤鮮豔。補得恰到好處，就變成了裝飾。

林沖是教頭，洪教頭也是教頭。林沖是八十萬禁軍教頭，洪教頭是甚麼教頭？《水滸》中沒有說，估計是民間走江湖的武術教練。就如同張藝謀是導演，導演北京奧運會；洪導演也是導演，導演一些單位的周年慶典。

兩個教頭，在柴進的宴席上見着了。此時，林沖剛剛入座，自從誤入白虎堂，林沖還沒受人招待吃過大餐，正要享用，可偏偏就這時，洪教頭來了，而且，顯然是來砸場子的：歪戴着一頂頭巾，挺着脯子。

　　林沖尋思此人是大官人的師父，不能不特別恭敬。於是急急躬身唱喏道：「林沖謹參。」而洪教頭全不睬着，也不還禮。

　　柴進看出尷尬，趕緊自己出面解救，指着林沖對洪教頭道：「這位便是東京八十萬禁軍槍棒教頭林武師林沖的便是，就請相見。」

　　柴進特意用一個長句子鄭重介紹林沖，不惜使用過度的修飾語，甚至囉嗦重複，不光是顯示自己對林沖的重視，更以此提醒洪教頭，不可怠慢。

　　林沖聽了，當然明白柴進的意思，人家如此重視自己，自己也鄭重起來，趕緊起身，看着洪教頭便拜。

　　那洪教頭卻很有派頭地冷冷地説道：「休拜。起來。」而且不躬身答禮。

　　林沖拜了兩拜，起身將柴進剛才安排他的客座讓洪教頭坐。洪教頭亦不相讓，走去上首便坐。林沖只得肩下坐了。

　　柴進很是不高興。

　　等到坐下，洪教頭卻直問：「大官人何故厚禮管待配軍？」不僅是挑釁侮辱林沖，也是給柴進難看。

　　為了林沖的面子，也為了自己的面子，柴進只好再示意

他，並再次提醒林沖是東京八十萬禁軍教頭。

洪教頭道：「大官人只因好習槍棒，往往流配軍人都來倚草附木，皆道：『我是槍棒教頭』，來投莊上誘得些酒食錢米。大官人如何忒認真！」

小人往往偏能洞察世道人心，往往能說破人間冷暖。洪教頭的這番話還真是有道理。林沖當然是貨真價實的豪傑，但洪教頭說林沖來誘些酒食錢米，這想法林沖倒是有的。因為部分地說中了林沖的心事，林沖聽了，並不做聲。

柴進道：「凡人不可易相，休小覷他。」此時場面已經很是尷尬，幾乎不可收拾了。而柴進仍然硬着頭皮，勉為其難，維持和諧。

可是柴進越要保護林沖，洪教頭便越要羞辱林沖；柴進越是要維穩，洪教頭越是要鬧事。聽到柴進說「休小覷他」，洪教頭便跳起身來，道：「我不信他！他敢和我使一棒看，我便道他是真教頭！」

他忘了，林沖想到柴進莊上誘些酒食錢米固然是對的，但是林沖的槍棒教頭的身份卻也是真的——有兩個公人為證，有林沖臉上的刺字為證啊。他怎麼敢就這樣貿然向一個這樣的高手挑戰？

柴進大笑道：「也好，也好。林武師，你心下如何？」

金聖歎批道：「惱極之後，反成大笑。」柴進知道，光這

樣和稀泥，是維不了穩了，不妨讓他鬧，鬧完再收拾他。

何況他還要看林沖本事。

所以，他一心要林沖贏他，滅那廝嘴。

於是，林沖在柴進的暗示下，放手一搏，只一棒，就把洪教頭打翻在地，也把他打出了《水滸傳》：這邊柴進大笑，挽着林沖入席豪飲，那邊一個莊客扶着洪教頭，滿面羞慚，去了。從此無消息。

一個值得我們思考的問題是：洪教頭與林沖素昧平生，而且林沖只是路過，為甚麼對他這樣大的仇恨呢？

答案是兩個字：嫉妒。

打翻洪教頭的，不是林沖手中的棒頭，而是洪教頭心中的嫉妒。

洪教頭嫉恨林沖甚麼

　　林沖受盡磨難，到了柴進的莊園，受到柴進的款待，可是，酒席未開，剛剛被聘到柴進莊上不久的洪教頭聽說了，趕來砸林沖的場子。當着柴進的面，幾次三番，挑釁侮辱林沖。

　　要知道，這種挑釁，還不僅是侮辱林沖，也是給柴進難看，當着主人面，侮辱主人的客人，就是藐視主人。

　　最後，這種非理性的無法抑制的敵意，竟然使得他提出了一個幾乎自殘的挑戰：要和林沖比試槍棒！

　　被他的傲慢無禮激怒的柴進，此刻完全站在了林沖一邊。結果是，林沖在他的鼓勵之下，放手一搏，只一棒，就

將洪教頭打翻在地。

洪教頭為何對林沖如此敵意？

柴進好客天下聞名，一年之中，在他的莊園裡不知招待過多少來往的好漢豪傑地痞流氓僧道配軍，洪教頭為甚麼偏偏對柴進禮待林沖如此反感，並無法抑制地表現出無禮至極的挑釁？甚至不惜冒着巨大的風險，挑戰林沖？

《水滸》寫洪教頭看林沖，是「恨不得一口水吞了他」。

多大的仇恨啊。剛剛見面，素昧平生，恨從何來？

答案其實很簡單，那就是——嫉妒。

好笑的是：林沖這樣的，家破人亡的，用洪教頭自己的話説，一個「配軍」，還值得他嫉妒嗎？

是的，林沖有讓洪教頭嫉妒的資本。

他的資本就是他的武功、江湖上的名望以及曾經的地位。

這些東西使他今天獲得了柴進的隆重歡迎和招待，這些又成為他遭到洪教頭嫉妒的原因。

韓愈正確地發現了，在「疏遠而又不與同其利」的人那裡，嫉妒不大容易產生。（《原毀》）這説明，嫉妒恰恰比較密集地發生在親近而又有共同利益競爭者這裡。諸如同學、同事、同行、甚至同鄉同里，都是嫉妒的高發地帶。像洪教頭之嫉妒林沖，就屬於同行之間的嫉妒。

那麼，人又為甚麼嫉妒別人呢？

　　簡單地講，嫉妒有三個原因，我們可以把它稱為「嫉妒三定律」：

　　一是不能容忍別人擁有自己沒有的東西——優先性。

　　二是不能容忍別人奪走原由自己佔有的東西——私有性。

　　三是不能容忍別人分享原由自己獨佔的東西——排他性。

　　洪教頭行走江湖，憑着自己的槍棒功夫被柴大官人聘為私人教練，其實他對自己的功夫是頗自信的，不然他不會一再要和林沖比試。當然他也不能說抱必勝之把握，因為眼前這位畢竟是東京八十萬禁軍教頭，雖然他對柴大官人說此人未必是槍棒教師，但林沖原先的槍棒教頭身份有他此時囚徒的身份以及兩位防送公人作證。洪教頭之所以不惜冒比試失敗之險，一定要和林沖使一棒看，完全是由於強烈的嫉妒心已使他失去了理智，他此時內心中充滿的只是仇恨。一朝之忿，是可以摧毀一個人的判斷力和自制力的。

　　那麼，洪教頭如此嫉恨林沖，是為了甚麼呢？

　　第一，林沖是八十萬禁軍教頭，這個身份是一般的教頭很眼紅的，因為這是國家認可的身份。國家軍隊中最精銳最重要最核心部分的教練，這種身份是一般民間的地方性的教練非常羨慕夢寐以求的。而洪教頭呢，卻是籍籍無名，所以，不排除他對林沖所擁有的這個他所沒有的身份的嫉妒，雖然林沖現在倒霉了，但林沖曾經得到的這一地位與聲望，是他所沒有的。這是嫉妒三定律的第一定律：優先性。

第二，他可能還擔心將來林沖有可能來柴進莊上當教練。這樣，林沖就不僅要在此時一頓酒席上分享他的一杯羹，而且，還很有可能直接奪了他的崗位。笛卡兒説：「嫉妒屬於一種恐懼。」（《靈魂的情感》）洪教頭對林沖就有這樣的搶奪飯碗的恐懼。這是嫉妒三定律的第二定律：私有性。

　　第三，林沖得到了柴大官人的款待，得到了柴大官人的尊敬，而且，林沖之得到尊敬，恰恰是因為他在槍棒上的功夫，這正和他洪教頭以槍棒上的功夫被柴進聘為教練一樣。林沖因為和他一樣的特長而為柴大官人看重，柴大官人同時看重兩個人，而不再是他一個，於是，他受不了。這應了嫉妒三定律裡的第三條：排他性。

　　既然如此，嫉妒的三條定律：優先性，私有性，排他性都具備了。你叫他不嫉妒，難！

　　康德曾經説：「生氣是拿別人的缺點懲罰自己。」
　　那麼，我要説，嫉妒是拿別人的優點懲罰自己。
　　拿別人的缺點懲罰自己的，往往是君子。
　　而拿別人的優點懲罰自己的，一定是小人。
　　君子生氣，可能止於生氣。
　　小人嫉妒，雖然他先懲罰了自己，使自己在嫉妒的烈火中煎熬，但他最後的目的，一定是毀滅別人。

所以，妒火中燒的洪教頭必欲出棒與林沖一較高下。

歎世上多少嫉恨，皆無從而起卻其深似海。
歎世上多少才子英雄，於人無礙卻遭刻骨仇恨殘酷打擊。

寡情的柴進

　　林沖流放途中去柴進莊上，柴進大喜，設宴招待，其間柴進新聘任的洪教頭來攪局，弄得柴進極端尷尬，以至於柴進最終棄舊迎新，徹底站在林沖一邊，一心要林沖贏他，滅那廝的嘴。

　　林沖倒是在想，這洪教頭是柴進的師父，打翻了他，柴進面子上不好看。柴進卻暗示林沖：「此位洪教頭也到此不多時，此間又無對手。林武師休得要推辭。小可也正要看二位教頭的本事。」

　　林沖見柴進說開就裡，方才放心。

　　柴進太想林沖使出本事來，教訓教訓洪教頭了！

兩個開打，柴進卻叫道：「且住。」

叫莊客取出一錠銀來，重二十五兩。

柴進道：「二位教頭比試，非比其他。這錠銀子權為利物。若還贏的，便將此銀子去。」

柴進心中只要林沖把出本事來，故意將銀子丟在地下。

林沖徹底明白：柴進就要林沖打翻洪教頭！

可憐洪教頭，到此還不明白，最終被林沖一棒打翻。

接下來柴進的表現，近乎殘酷：

柴進大喜。叫：「快將酒來把盞！」

下面的描寫是：「眾人一齊大笑。」

柴進大喜，眾人大笑，這場面對洪教頭而言，是何等殘酷？

打翻洪教頭身體的，是林沖；打垮洪教頭精神的，是柴進和他的莊客。

洪教頭自己掙扎起來，眾莊客一頭笑着扶了，羞慚滿面，自投莊外去了。

柴進竟然毫不挽留，甚至一個目送的眼光都沒有，他大笑着，攜住林沖的手，再入後堂飲酒，並大叫將利物來送林沖。

洪教頭可厭，因擔心有人來搶飯碗，而大失風度，丟棒又丟人。雖然可說是他咎由自取，但柴進竟然一句挽留的

話也沒有，一句安慰的話也沒有，一句圓場的話也沒有，這就顯示出柴進的絕情。

而因為柴進的絕情，最後在眾人攙扶下自投莊外去的洪教頭，留下的，卻是一個令人同情的背影。

再看看柴進如何對待武松。

宋江殺了閻婆惜，與弟弟宋清流落江湖，來到柴進莊上，莊客入去通報，不多時，只見那座中間莊門大開，柴大官人引着三五個伴當，慌忙跑將出來，拜在地下，口稱道：「端的想殺柴進，天幸今日甚風吹得到此，大慰平生渴仰之念，多幸！多幸！」接下來就請宋江弟兄兩個洗浴。隨即將出兩套衣服、巾幘、絲鞋、淨襪，教宋江弟兄兩個都穿了新衣服。又邀宋江去後堂深處，十數個莊客並幾個主管，輪替着把盞，伏侍勸飲，一直喝到華燈初上。何等熱情，何等溫暖！

而此時，凜冽的寒風裡，有一個人，害着瘧疾，擋不住那寒冷，在外面的廊下，抖抖索索，把一鍬火在那裡向！

端的好對比！

這是誰呢？

這可不是一個凡角，他是被金聖歎稱為「天人」的武松啊！

武松初來投奔柴進時，也一般接納管待；次後在莊上，就因為脾性不好，性氣剛，酒後莊客有些顧管不到處，武松便要下拳打他們，因此滿莊裡莊客，沒一個道他好，都去柴

進面前，告訴他許多不是處。柴進就相待得他慢了。

柴進的眼光，也就一般莊客的水平啊。

用如此冷漠絕情甚至遺忘來對待武松這樣的人物，柴進，暴殄天物！

這就是他萬不及宋江處。這就是他往往花出了真金白銀，卻最後在梁山，沒有一個真正兄弟的原因！

再看他如何對待自己的枕邊人。

他後來在征方臘時自稱「文武兼資，智勇足備，善識天文地理，能辨六甲風雲，貫通天地氣色，三教九流，諸子百家，無不通達」。和燕青一起混入方臘隊伍，又謊稱自己識得雲氣，恭維方臘是真命天子。

方臘大喜，「自此柴進每日得近方臘，無非用些阿諛美言諂佞，以取其事。未經半月，方臘及內外官僚，無一人不喜柴進。次後，方臘見柴進署事公平，盡心喜愛，卻令左丞相婁敏中做媒，把金芝公主招贅柴進為駙馬，封官主爵都尉」。「柴進自從與公主成親之後，出入宮殿，都知內外備細。方臘但有軍情重事，便宣柴進至內宮計議。」

在宋江征方臘的最後一戰中，柴進陣前倒戈，在方臘的注視下，與燕青一起在背後突然動手，殺了措手不及的方臘的侄子，也是方臘的最後一員大將方傑，方臘倉皇出逃，方臘寨破。

且看下面的情形：

燕青搶入洞中，叫了數個心腹伴當，去那庫裡擄了兩擔金珠細軟出來，就內宮禁苑放起火來。柴進殺入東宮時，那金芝公主自縊身死。柴進見了，就連宮苑燒化，以下細人，放其各自逃生。眾軍將都入正宮，殺盡嬪妃彩女、親軍侍御、皇親國戚，都擄掠了方臘內宮金帛。

燕青的行為令人不齒，而柴進尤其絕情寡義。他竟然是引兵「殺入東宮」，發現往日的枕邊人金芝公主已經自殺，柴進竟然毫不動情，把公主屍體連同宮苑，一把火燒了，然後，縱兵擄掠，殺戮。雖然他的這種做法，可以稱得上是「政治上正確」，但是，夫妻一場，恩愛百日，哪怕是假的，也是你存心欺騙，對方卻毫無愧對你處。李贄此處批曰「柴進忒薄情」。其實，在對洪教頭時，對武松時，柴進的薄情，已經顯現。

有關宋江的兩種真相

　　晁蓋等人得宋江報信搭救,逃入梁山,事業紅紅火火,他們不忘宋江救命之恩,派劉唐給宋江送來一百兩金子和一封感謝信,這反倒把宋江嚇得不輕,他把金條留了一根,以示並不見外,其餘依舊退回劉唐。然後慌忙送走劉唐,趕緊回下處來。

　　原來,劉唐送來的一錠金子,和那封要命的梁山來信,就裝在宋江身上的招文袋(一種掛在腰帶上裝文件或財物的小袋子)內。這封信上面寫滿了晁蓋及梁山上的種種事務,當然也寫着對宋江搭救眾位好漢的感激。這封信一旦泄露或落入他人之手,宋江將死無葬身之地。

宋江是一個謹慎的人，這樣的信件他本來要在第一時間處理掉；但宋江又是一個周全的人，他怕當着劉唐的面燒掉他千辛萬苦帶來的梁山感謝信，傷了劉唐以及梁山兄弟的情面。所以，他送走劉唐之後，就要趕緊回到下處銷毀。

　　沒想到，他一出門，卻叫閻婆撞上了。閻婆死纏爛打，硬是把宋江拽回了家，讓他和閻婆惜和好。

　　但是，已經勾搭上張三的閻婆惜對宋江已經毫無情分，宋江委委屈屈在閻婆惜的床頭蜷縮半夜，天不亮就滿懷怨恨趕緊離開，出了門，卻又發現招文袋留在閻婆惜那裡了。

　　閻婆惜是個識字的人，宋江走後，她看到了這封信，得悉內情的她覺得抓住了宋江的把柄，以此要挾宋江答應她三件事。

　　一是給一紙休書，任從改嫁。

　　二是婆惜身上穿的，家裡使用的，都是宋江辦的，也委一紙文書，全部歸閻婆惜所有，不得討要。

　　這兩件宋江都依了。

　　接下來，閻婆惜提出了第三個要求：「有那梁山泊晁蓋送與你的一百兩金子快把來與我，我便饒你這一場『天字第一號』官司，還你這招文袋裡的款狀！」

　　有意思的是，閻婆惜在提出這樣要求之前，就提醒宋江：「只怕你第三件依不得。」

這第三件宋江還真是依不得。因為宋江根本就沒收那一百兩金子。

這我們相信，但是閻婆惜不相信。

我們相信宋江，是因為我們知道事情真相。宋江也跟閻婆惜說明了真相：「這一百兩金子果然送來與我，我不肯受他的，依前教他把了回去。若端的有時，雙手便送與你。」

但婆惜就是不相信，為甚麼呢？因為她也知道真相：她知道的是官場的真相，包括官場中「公務員」的道德真相。

且看她說的：「可知哩！常言道：『公人見錢，如蚊子見血。』他使人送金子與你，你豈有推了轉去的？這話卻似放屁！『做公人的，那個貓兒不吃腥？』『閻羅王面前須沒放回的鬼！』你待瞞誰？便把這一百兩金子與我，直得甚麼？你怕是賊贓時，快熔過了與我！」

她甚至設身處地猜想宋江擔心是賊贓，於是建議「熔過了與我」，她就是不信宋江會拒絕別人送給他的金子。

宋江被委屈了。宋江真冤。

但是，宋江還真不冤。

因為，宋江身處的官場，確實如同婆惜所說，沒有甚麼乾淨的公人。

宋江平時是否也貪濫？這就是個說不清的問題。

有人就說宋江一定貪濫，不然，憑着他做押司那一點收

入，以及他家中的幾口薄田，他哪有那麼多的銀子去資助江湖上、市井中的各色人等？

即使宋江不會主動索賄，但是，官場潛規則、慣例等等，也會給他帶來滾滾財源。

但是，也正是這些，在給官場上的公人帶來滾滾財源的同時，也帶來了負面的社會形象和社會評價。

所以，我們說，閻婆惜這樣擠兌宋江，宋江冤，也不冤。

但，再一想，還是冤！

社會成了大染缸，官場成了一「塵網」（借用陶淵明比喻官場的詞），芸芸眾生，落入滾滾紅塵，皓皓之白，污跡汶汶官場，就不能喊冤？！

身處如此世道，連做乾淨人的機會都沒有了，泥巴滾到褲襠裡，不是屎也是屎了，這是多大的冤！

宋江沒辦法，提出三日之內，將傢私變賣一百兩金子給閻婆惜。

但是閻婆惜還是不相信宋江。並威脅宋江：「明朝到公廳上，你也說不曾有這金子？」

宋江絕不貪財，也信守承諾。這是他的人格、他的聲譽。所以宋江說三日後給她一百兩金子，就一定會在三日後給她一百兩金子。但是閻婆惜不信。他們已經在一起幾個月了，一開始還頗為親密，每日一處歇臥，但是閻婆惜根本

不了解宋江，不相信他的為人，這固然是宋江的失敗，這不也是大宋官府的失敗？她不信宋江，根本原因是不信大宋官府。我們看看她和當時普通百姓認知中的「公人」:「公人見錢，如蚊子見血」,「做公人的，那個貓兒不吃腥？」她固然是一棒子打翻一船人，但問題是，這是甚麼樣的船？為甚麼這艘船上的人，輕易地就被一個年方十八的煙花女子一棒子打翻且不能叫屈？

堂堂官府的皇皇招牌，被一個煙花女子隨手點成一地碎片；袞袞諸公的岸然道貌，被一個淫賤女子隨口唾為千年溷廁——何等的淫賤的官府，才能招致這等淫賤的污辱！

施耐庵的狗

　　在蜈蚣嶺，打扮成行者的武松，看見一座墳庵中有個道士摟着個婦女在調笑賞月。他的道德感油然而生，清潔世道的使命感使得他「怒從心上起，惡向膽邊生」，何況他自從嫂子潘金蓮之後，根本見不得男女親熱，於是，他不管三七二十一，便去腰裡掣出張青送給他的刀來，「且把這個鳥先生試刀！」不料應門者是個道童，武行者睜圓怪眼，大喝一聲：「先把這鳥道童祭刀！」說猶未了，手起處，錚地一聲響，道童的頭落在一邊，倒在地上。

　　庵裡那個道士手輪着兩口寶劍，竟奔武行者。結果又是：武松只一戒刀，那先生的頭滾落在一邊，屍首倒在石上。

武行者大叫：「庵裡婆娘出來！我不殺你，只問你個緣故！」

殺完了人，再問緣故，不是太草菅人命了嗎？

萬幸，他殺這個飛天蜈蚣王道人算是殺對了。

但是，那個道童卻是確確實實殺錯了。

武松在蜈蚣嶺殺飛天蜈蚣王道士，遙遙映照魯智深在瓦罐寺殺飛天藥叉丘小乙和生鐵佛崔道成。但是，我們看，魯智深在殺丘小乙和崔道成之前，是經過了來來回回反反覆覆的求證，證明這二人確實是壞蛋，而且，最終還是對方先出手他才應戰的。

武松何以如此草菅人命？

武松的出場在《水滸傳》二十二回（金聖歎本二十一回），他「因酒後醉了，與本處機密（縣衙中管機密房的人）相爭，一時間怒起，只一拳，打得那廝昏沉」。以為打死了人，逃走江湖，躲在柴進莊上。待到宋江到來，結為兄弟，他已經憋憋屈屈在此待了一年多。此時的他，還很怕殺人，知道殺人是錯的，如同一個乖孩子，自知做錯事，會躲起來。

武松殺的第一個人，是他的嫂子。

潘金蓮該殺不該殺，今人聚訟不已。其實，這不重要，重要的是，武松以為該殺。更重要的是，從此以後，武松不

但不怕殺人，甚至從中找到了快感，找到了成就感——他殺嫂之後獲得的道德褒獎，使得他認為，殺人雖然不免於犯法，並需要承擔責任，但卻是在弘揚道德。而犯法之後必須承擔的法律責任和代價，就是他對道德所做的慈善捐獻——在這種捐獻中，他感到了自己的崇高與光榮。

有了「打人有理，殺人光榮」的心理，殺人便不再有心理障礙。在孟州，因為報仇張都監，從無辜的馬夫到無知的丫鬟，張都監一家老小，包括他的夫人，養娘玉蘭，以及親隨，等等，武松一口氣殺了十五條人命！加上他在此前飛雲浦殺掉的四個，一天之內，他就殺掉了十九個人！

在殺人現場，他還去死屍身上割下一片衣襟來，蘸着血，去白粉壁上大寫下八字道：「殺人者，打虎武松也！」——殺人與打虎，都是光榮與偉大。

如此自居於道德高地窮兵黷武草菅人命，難怪他在石碣上，乃是「天傷星」！

這樣的人，最終會碰到對手的。

在孔太公莊上，他無理取鬧，打傷店主人，還打傷出面制止的孔亮。趕走了所有人，一人在店裡吃醉了，離開酒店，捉腳不住，一路上搶將來，走不得四五里路，傍邊土牆裡走出一隻黃狗，看着武松叫。

武松走，黃狗跟着叫。

武松停，黃狗站着叫。

武松追，黃狗跑着叫。

武松惱恨，便將左手鞘裡掣一口戒刀來，大踏步趕。

那黃狗繞着溪岸叫。

武松沿着溪岸攆。攆得近了，武松看得真切，一刀砍將去。

十分用力，十分發狠。

卻砍個空，使得力猛，頭重腳輕，翻筋斗倒撞下溪裡去，卻起不來。

冬月天道，雖只有一二尺深淺的水，卻寒冷得當不得，爬將起來，淋淋的一身水。卻見那口戒刀浸在溪裡，亮得耀人。便再蹲下去撈那刀時，撲地又落下去，再起不來，只在那溪水裡滾。

黃狗呢？立定了，在岸上叫。

這是哪裡來的狗？武松一生戰無不勝，竟然敗給一條無名的小黃狗？

這是施耐庵的狗。施耐庵大概也是寫武松，寫着寫着，不大喜歡他了，就放出一條狗來，與他作對。

小說中的情節，有兩類。一類是事理、性格之必然，如人行雨中，必然會淋雨，有事理、邏輯和因果上的必然，作者不得不順着寫。

還有一類，是偶然，如人行路上，天卻下起雨來，則是作者的安排——因為作者可以寫天沒下雨，豔陽高照。這是作家的自由。

　　簡言之，天下不下雨，由作者決定；雨淋不淋人，不由作者決定。

　　武松喝醉了，走路必然跌跌撞撞，這是事理的必然；但街角突然走出一條黃狗來，則是作者的編排。

　　在作家「自由編排」的情節中，往往有作者的「意思」在。施耐庵讓一條小黃狗在街角走出來，其「意思」，就是奚落武松。

　　你太強了，你太要強了，最後，你連狗都嫌，連狗都嫌你。

　　你連狗都嫌，可見你的自戀與排他。

　　連狗都嫌你，你會死得很慘。

　　武松的故事，到此就基本結束了。

　　他的一生，以打虎始，以打狗終。

　　施耐庵放出一隻虎，告訴我們武松是英雄。

　　施耐庵放出一條狗，告訴我們窮兵黷武的英雄最終是狗熊。

　　武松的一生——虎頭狗尾。

孫二娘的幻視與張青的幻覺

　　武松殺嫂殺西門慶後，雖然犯法卻弘揚了道德，頗獲讚揚。

　　兩個公人監押着武松去孟州牢城營的路上，也念武松是個好漢，一路只是小心伏侍他，不敢輕慢他一點。武松見他兩個小心，也不和他計較；包裹裡有的是金銀，但過村坊舖店，便買酒買肉和他兩個吃。這一路，簡直可以等同旅遊。

　　就這樣消消停停走着走着，約莫走了二十餘日，就來到一個所在。遠遠地土坡下約有數間草房，傍着溪邊柳樹上挑出個酒簾兒。路邊的樵夫告訴他們：「這嶺是孟州道。嶺前面大樹林邊便是有名的十字坡。」

十字坡為甚麼有名呢？有甚麼樣的名呢？

原來，這個酒店非同一般。開酒店的是張青孫二娘夫妻。正如武松調侃孫二娘所説：

大樹十字坡，客人誰敢那裡過？

肥的切做饅頭餡，瘦的卻把去填河！

這段順口溜只有一句不確實：那就是最後一句。張青、孫二娘哪裡捨得那些瘦人的肉拿去填河呢？肥人肉做黃牛肉賣，瘦人肉當水牛肉賣，剁巴剁巴還可做肉餡。

當時張青不在，孫二娘長期做人肉饅頭，已有嚴重的幻視，她眼中的人，早已不再是人，而是牛。此時，一看到武松三人，眼中幻化出的就是一頭肥黃牛和兩頭瘦水牛。三牛相加，少説也是三四百斤牛肉，再加上武松三人包裹沉重，必有金銀。便動了心。

不巧的是，與孫二娘的幻視相應，武松是火眼金睛，他放眼一看，眼前這個滿面笑容的婦人，原來是一個母夜叉。武松也不戳穿她，只是故意説些挑逗的風話，和她調情。等孫二娘去裡面托出一鏇渾色酒來，兩個公人哪知江湖險惡，只顧拿起來吃了。武松早就看出酒中有問題。看孫二娘轉身入去，把這酒潑在僻暗處，只虛把舌頭來咂，裝成喝了的樣子，兩個公人被麻翻了，武松隨即也假裝仰翻在地。孫二娘高興地叫道：「着了！由你奸似鬼，吃了老娘的洗腳水。」

這是孫二娘的名言。

吃她洗腳水的人不知多少，但可惜武松沒吃。

當然她不知道，她還以為三頭牛都麻翻在地，成了三堆牛肉。

那婦人歡喜道：「今日得這三頭行貨，倒有好兩日饅頭賣，又得這若干東西。」把包裹纏袋提了入去，卻出來，看這兩個漢子扛抬武松。那裡扛得動，直挺挺在地下，卻似有千百斤重的。那婦人看了，見這兩個蠢漢，拖扯不動，喝在一邊說道：「你這鳥男女，只會吃飯吃酒，全沒些用！直要老娘親自動手。這個鳥大漢，卻也會戲弄老娘。這等肥胖，好做黃牛肉賣。那兩個瘦蠻子，只好做水牛肉賣。扛進去，先開剝這廝。」

卻不料武松真會戲弄老娘，不但沒有喝她的洗腳水，反而在孫二娘來搬他時就勢一個轉身，把她壓在身下。這是很難看卻又很好看的圖景。下面我們不知道武松要幹甚麼才好，估計武松也不知道。

好在孫二娘的丈夫張青恰好挑一擔柴回來，解了武松的尷尬，解了孫二娘的難堪。

接下來，夫妻二人把武松當兄弟了。把眼前剛才還看成牛肉的東東再看成兄弟，難為他們了。

張青便引武松到人肉作坊裡；看時，見壁上繃着幾張人

皮，樑上吊着五七條人腿。見那兩個公人，一顛一倒，挺着在剝人凳上。

　　救醒兩個公人後，武松便讓兩個公人上面坐了，張青、武松在下面朝上坐了，孫二娘坐在橫頭。武松、張青兩個說些江湖上好漢的勾當，且聽張青敍述：

　　小人姓張，名青，……來此間蓋些草屋，賣酒為生。實是只等客商過往，有那入眼的，便把些蒙汗藥與他吃了便死。將大塊好肉，切做黃牛肉賣；零碎小肉，做餡子包饅頭。小人每日也挑些去村裡賣，如此度日。……小人多曾分付渾家道：「三等人不可壞他。第一，是雲遊僧道，他不曾受用過分了，又是出家的人。」則恁地也爭些兒壞了一個驚天動地的人：原是延安府老種經略相公帳前提轄，姓魯，名達，為因三拳打死了一個鎮關西，逃走上五台山，落髮為僧，因他脊樑上有花繡，江湖上都呼他做花和尚魯智深，使一條渾鐵禪杖，重六十來斤，也從這裡經過。渾家見他生得肥胖，酒裡下了些蒙汗藥，扛入在作坊裡。正要動手開剝，小人恰好歸來，見他那條禪杖非俗，卻慌忙把解藥救起來，結拜為兄。……只可惜了一個頭陀，長七八尺一條大漢，也把來麻壞了。小人歸得遲了些個，已把他卸下四足……

　　我讀到這「卸下四足」四個字，總覺得哪裡不對勁，看

210

了半天，恍然大悟，原來，四足應該說成四肢才對。

　　但是，《水滸傳》的各種本子，都是「四足」，連對《水滸》做了很多文字潤色的金聖歎，也對這個字沒做改動。我一開始還得意，覺得在這一點上，我終於比金聖歎還火眼金睛，看出他沒有看出的問題。但是，再一琢磨，又一次恍然大悟：原來，在張青、孫二娘眼裡，只要不是武松、魯智深這樣的兄弟，所有來他們酒店的人，豈不都是四足的牲口，任他們宰割？

　　如果張青歸得早些，頭陀就成了魯智深；

　　如果張青歸得晚些，魯智深就成了頭陀。

施耐庵為何不怕重複

　　盧俊義被宋江吳用設計陷害，又被娘子、李固告發謀反，獄中九死一生，最終，相關人員在收受梁山一千兩金子的賄賂後，輕判盧俊義脊杖四十，刺配沙門島。

　　押解盧俊義上路的，是我們久違的兩個熟人。

　　哪兩個呢？董超、薛霸。

　　我們認識這兩個混球時，他倆在開封府做公人，押解林沖去滄州，受陸虞候賄賂，要在路上害林沖，被魯智深救了。因為沒有完成高太尉的指令，回來後，被高太尉尋事刺配北京。梁中書因見他兩個能幹——順便評一句：梁中書的人才觀很特別——就留他倆在留守司勾當。今日又差他兩個監押

盧俊義──刺配之人，押解刺配之人，正如我常説的，小人總是有小人的運道，正如君子總有君子的磨難。

接下來的《水滸》文字很特別。施耐庵大概是個慵懶人，他寫董超、薛霸押解盧俊義，情節甚至語言都幾乎照抄這二人押解林沖那一段──也許，這兩個小人的重新出場，讓施大爺完全沒了興趣，失去了寫作的激情？可是施大爺虛構水滸世界，捏造人物，方便得勝過上帝女媧，隨便胡謅一個張三李四即可押解盧俊義，又為甚麼偏偏讓這兩個小人重新出場呢？

我的結論是：施耐庵放不過他們。

我們先看他寫人物語言。

此前寫林沖那一段，是：「多是五站路，少便兩程」，「只就前面僻靜去處，把林沖結果了」；現在是：「多只兩程，少無數里，就僻靜去處，結果了他性命。」──如出一轍。

此前是：「是必揭取林沖臉上金印回來做表證，陸謙再包辦二位十兩金子相謝」；現在是：「揭取臉上金印回來表證，教我知道，每人再送五十兩蒜條金與你。」──只是換了説話人：陸謙換成了李固。

此前是：「就彼處討紙回狀，回來便了。若開封府但有話説，太尉自行分付，並不妨事」；現在則是：「你們只動得一張文書；留守司房裡，我自理會。」──只是擔保人由高太尉變

成了李管家。

用開水燙傷林沖腳後，薛霸道：「只見罪人伏侍公人，那曾有公人伏侍罪人。好意叫他洗腳，顛倒嫌冷嫌熱，卻不是好心不得好報！」燙傷盧俊義後，還是薛霸道：「老爺伏侍你，顛倒做嘴臉！」

在林子裡，兩次假裝要歇，兩次都聲稱「只怕你走了」要「縛一縛」，一字不差。而林沖表態：「小人是個好漢，官司既已吃了，一世也不走。」盧俊義發誓：「小人插翅也飛不去。」連盧俊義都剽竊林沖了。

要結果林沖前，兩個小人說的是：「不是俺要結果你，自是前日來時，有那陸虞候傳着高太尉鈞旨，教我兩個到這裡結果你，立等金印回去回話。便多走的幾日，也是死數，只今日就這裡，倒作成我兩個回去快些。休得要怨我弟兄兩個，只是上司差遣，不由自己。你須精細着：明年今日是你周年。」要結果盧俊義前，說的也是：「你休怪我兩個。你家主管李固，教我們路上結果你。便到沙門島，也是死，不如及早打發了你！陰司地府，不要怨我們。明年今日，是你周年。」——只是說的對象由林沖換成了盧俊義。

情節的一致就不要說了。從受賄答應殺人到沿途打罵折磨，開水燙腳都是故技重施。燙傷腳後，第二天一早四更天早起趕路都與林沖的故事分毫不爽，好像要結果林沖的野豬

林和要結果盧俊義的樹林離酒店的距離都一樣遠。然後，一樣是假裝走得困倦了，要歇一歇，於是——還是建議到一個僻靜的林子裡睡一睡，睡前又還是假裝怕盧俊義跑了，騙着把盧俊義綁到了樹上。兩個小人大概智商有限，殺人手法也自己抄自己全無創新。然後，對盧俊義說的話和當初對林沖說的都一樣，盧俊義的表現也和林沖一樣，淚如雨下，低頭受死。然後，還是薛霸兩手拿起水火棍，望着盧員外腦門上劈將下來。

一切都一樣！難怪金聖歎歎曰：「董超、薛霸押解之文，林、盧兩傳可謂一字不換！」

為甚麼《水滸》作者不怕重複？是《水滸》作者寫不出新意嗎？

是《水滸》作者要寫出小人，還是小人不知改悔！

小人不知改悔，作者就不必改寫。

但是——小人不知改悔，害人手法一點不差；則蒼天公道仁慈，因果報應也就一絲不爽。

當初魯智深放過他們，他們回到東京，卻告發了魯智深。到了大名府，押解盧俊義，故技重施，又要害人，且害人的步驟細節，一一複製他們當初害林沖的樣子，毫髮不爽，他們就不怕最後時刻，也是舊景重現，天外再次飛來那條禪杖？！

我們接着往下看——薛霸兩手拿起水火棍，望着盧員外腦門上劈將下來——

　　董超在外面望風，只聽得一聲撲地響，慌忙走入林子裡來看時，盧員外依舊縛在樹上，薛霸倒仰臥樹下，水火棍撇在一邊。董超道：「卻又作怪！莫不是他使的力猛，倒吃一交？」仰着臉四下裡看時，不見動靜。薛霸口裡出血，心窩裡露出三四寸長一枝小小箭桿。卻待要叫，只見東北角樹上坐着一個人，只聽的叫聲：「着！」撒手響處，董超脖項上早中了一箭，兩腳蹬空，撲地也倒了。

　　前面的文字，和林沖的完全一樣。
　　後面的結局，和林沖的完全不一樣。
　　這次，來救人的，不是魯智深，而是燕青。
　　這次飛出的，不是魯智深的重六十二斤的水磨禪杖，而是小乙哥的僅僅三四寸長的兩支小小短箭。
　　夠了，就這樣的兩支短箭，這樣的短箭只要兩支，就可以送這兩個一生不知良知為何物的人渣上路了。

　　施耐庵大概是這樣安排的：
　　送這樣兩個骯髒的人渣上路，用魯智深的禪杖，太浪費了，太褻瀆了。就用燕青的短箭吧，這是一次性用品，不必珍惜。

在我們都把這兩個混球忘掉了時，施大爺還一直在惦記着他們，他一直在找一個相似的情節，他要在相似的情境中，了結他們，以示天道好還，報應不爽。

當然，更可能的是：施大爺對這兩個人渣一直耿耿於懷，必欲撲殺之而後快。

好在，作家有這樣的虛構的權力。

犯罪成本核算

　　鄆城縣連續出了晁蓋等七人打劫生辰綱和宋江殺死閻婆惜兩場大案。可是，晁蓋等七人也好，宋江也好，真正的罪犯，一個也沒有得到法律的懲罰，他們全部逃脫了。最後甚至還都上了梁山，前後任山寨之主，弄得風生水起，人生絢爛之極。

　　這證明，法律是可以規避的，就看你是否付得起為了逃避法律而必須付出的各類成本：比如用來打點和行賄的錢財，人際關係成本，等等。

　　晁蓋付得起這個成本，他有宋江、朱仝、雷橫等人情資本。所以，他逃脫了法律的懲罰。

　　按說晁蓋一定會像吳用所說，「都打在網裡」。這是大

案，負責緝捕的何濤非常機警，為了保密，抓白勝時，三更進去，把白勝包頭包臉帶出來，連夜趕回濟州城裡來。去鄆城縣抓晁蓋，也是偷偷摸摸，星夜來到鄆城縣，先把一行公人都藏在客店裡，只帶一兩個跟着，徑奔鄆城縣衙門前來下公文，只恐怕走漏了消息。

此時，三阮兄弟已自回石碣村，而晁蓋和吳用、劉唐、公孫勝還在晁蓋莊上，幾個在後園葡萄樹下吃酒，何等逍遙，卻不知已經大禍臨頭：白勝已經被捕並已供出他們。何濤行事如此機密，完全可以把他們迅雷不及掩耳打在網裡。

但是，百密一疏，卻在最後關頭，走漏了風聲，讓他們漏網了。

這個走漏風聲的人，就是宋江。

當何濤把宋江當做當案的人，告訴他要抓晁蓋的實情後，宋江一聽，心裡大吃一驚：晁蓋是我心腹弟兄，捕獲將去，性命便休了！

此時的宋江，面臨着這樣的選擇：

作為縣吏，而且是專辦有關獄訟文書的吏員，他的職責是奉公守法，本縣出了這麼大的案子，又有上司的責罰，他有責任積極協助、參與抓捕罪犯，為抓捕罪犯出謀劃策。

但是，這個犯案的人偏偏是自己的朋友，而且是心腹弟兄！

幾乎毫不猶豫，宋江在第一時間裡就做出了他的選擇：

　　置國家法度於度外，站在兄弟一邊！

　　接下來，便是宋江「捨着條性命」，「擔着血海也似干係」，給晁蓋報信，而朱仝、雷橫兩位都頭，在抓捕晁蓋的過程裡，各懷鬼胎，都要放晁蓋，朱仝甚至明為追趕，實為護送，並建議晁蓋去梁山泊安身！

　　晁蓋付出的是甚麼？人情成本！他對吳用等人說：「他（宋江）和我心腹相交，結義弟兄，吳先生不曾得會，四海之內，名不虛傳，結義得這個兄弟，也不枉了。」

　　而這個人情成本，是由銀子堆起來的。晁蓋和宋江之間的結交，有多少銀子的背景，我們不得而知。但可以從他和雷橫之間交往推測一下：劉唐在東溪村被雷橫捉住，為救劉唐，晁蓋在編造謊言說劉唐是自己外甥的情況下，還給雷橫及其手下士兵送了十多兩銀子！

　　宋江更付得起這個成本，他有錢。殺惜後，他躲在家裡，朱仝找出他，建議他趕緊逃走，他對朱仝說：「上下官司之事，全望兄長維持。金帛使用，只顧來取。」

　　不僅朱仝、雷橫都暗中幫着他，連縣令都要出脫他：「知縣卻和宋江最好，有心要出脫他，只把唐牛兒來再三推問。」「縣裡有那一等和宋江好的相交之人都替宋江去張三處說開。

那張三也耐不過眾人面皮；況且婆娘已死了；張三又平常亦受宋江好處；因此也只得罷了。朱仝自湊些錢物把與閻婆，教不要去州裡告狀。這婆子也得了些錢物，沒奈何，只得依允了。朱仝又將若干銀兩教人上州裡去使用，文書不要駁將下來。又得知縣一力主張，出一千貫賞錢，行移開了一個海捕文書。」這案子也就暫時沒下文了。

有人際關係成本、有錢的宋江，也暫時逃脫了法律的懲罰。

只有底層人物唐牛兒付不起這個成本，他既無現時的銀子，又無過去積累的人脈，所以，他就成了替罪羊，幾乎是代替宋江，受到了法律的懲罰。「左右兩邊狼虎一般公人，把這唐牛兒一索捆翻了，打到三五十……知縣明知他不知情，一心要救宋江，只把他來勘問。且叫取一面枷來釘了，禁在牢裡。」最後，這件案子，主犯逃走，毫無干係的唐牛兒卻被問做成個「故縱兇身在逃」，脊杖二十，刺配五百里外。

在那樣的時代，犯罪不怕，怕的是你付不起犯罪成本。當犯罪可以折合成相應的金錢和人際關係成本的時候，就會出現兩個問題：

其一，你付得起這個成本，你就無須在乎法律。這就是為甚麼，總有人無法無天，因為他們有權有勢有關係有錢。而守法的，往往是那些無權無勢無錢的平民百姓，他們甚至

還要成為替罪羊。

　　其二，法律成為相關人員斂財的方便法門。既有人拿錢買法，相關人員就可以賣法，法律尋租。這就是為甚麼，總有人以權謀私，權力尋租。

　　結果是，一件案子，涉及的三方：

　　受害者，加害者，執法者，

　　變成了這樣的三方：

　　受害者，付錢者，收錢者。

　　受害者還在，並冤沉大海。而加害者和執法者都不見了，他們搖身一變成了付錢者和收錢者，或逍遙法外，或中飽私囊。

　　法律呢？法律在犯罪者和執法者之間，幫他們核算犯罪成本討價還價呢。

沉默的大多數

    武大捉姦被踢傷後，潘金蓮依舊和西門慶每日做一處。但他們也知道，武二總是要回來的。這讓他們的好興致驟然降溫。好在，他們有王婆，王婆給他們出了個主意，讓他們分兩步走：

    第一步，把武大結果了，一把火燒得乾乾淨淨的，沒了蹤跡，便是武二回來，待敢怎地？

    第二步，等待夫孝滿日，大官人娶了家去，做個長遠夫妻，偕老同歡。

    當天夜裡，潘金蓮就親手用西門慶提供的砒霜毒死了武大。

殺人不難。難在能不能做到乾乾淨淨，沒有蹤跡，這才是關鍵。

　　因為，只有不漏痕跡，瞞住所有的人，才可以保證下一步順理成章。

　　但是，要乾乾淨淨，沒有蹤跡地瞞住所有的人，是不可能的，這不僅是因為沒有不透風的牆，也不僅是要想人不知，除非己莫為，也不僅是《水滸》所說的「好事不出門，惡事傳千里」。還因為，這事，早就四處透風了——紫石街誰不知這段轟轟烈烈的姦情？用《水滸》的話，是「街坊鄰舍，都知得了」。

　　其實，王婆之聰明，不在於她有甚麼高招瞞住所有的人，而是她知道根本無須瞞住所有的人——因為，在沒有人權保障的社會，人，在面對惡人惡行時，往往是沉默的。

　　所以，王婆的自信，不是來自對壞人能力的相信，而是來自對好人沉默的判斷。只要確信好人在惡人惡行面前會沉默，那就可以無惡不作了。

　　我們往下看。

　　第二天一早，鄰舍坊廂都來弔問。潘金蓮虛掩着粉臉假哭。眾街坊問道：「大郎因甚病患便死了？」那婆娘答道：「因害心疼病症，一日日越重了，看看不能夠好，不幸昨夜三更死了！」又哽哽咽咽假哭起來。眾鄰舍明知道此人死得不明，

不敢死問她，只自人情勸道：「死是死了，活的自要過，娘子省煩惱。」那婦人只得假意兒謝了。眾人各自散了。

你看，「眾鄰舍明知道此人死得不明」，但是，他們怎麼樣呢？他們散了！連圍觀都沒有！

因此，我們完全可以相信：如果沒有武松，武大將冤沉大海！

可問題是，現實中，歷史上，幾人有武松那樣的兄弟，幾人有竇娥那樣的父親，幾人能碰到包拯那樣的清官？

那麼，有多少人死得不明不白，死得冤深似海？！

當然，王婆還是擔心一個人，那就是陽谷縣殯葬協會的會長──團頭何九叔。

王婆對西門慶、潘金蓮道：「只有一件事最要緊。地方上團頭何九叔，他是個精細的人，只怕他看出破綻不肯殮。」

注意王婆的話：只怕他看出破綻不肯殮。

「只怕他」的是兩個事：一是看出破綻；二是不肯殮。

是怕他看出破綻嗎？不是。鄰舍坊廂都會看出破綻。要讓這方面經驗豐富的專家何九叔看不出破綻，是不可能的。

那王婆擔心何九叔的是甚麼呢？──是怕他「不肯殮」。

因為，何九叔作為入殮師，干係在身，有可能因為害怕承擔責任而不敢沉默。

但是，西門慶不擔心。

何九叔來了，西門慶截住他，拉他到一個小酒店裡，送給何九叔一錠十兩銀子。

何九叔心中疑忌，但銀子還是收了。何九叔並不貪財，他收西門慶的銀子，是因為——怕。

一怕：西門慶是個刁徒。

二怕：西門慶把持官府。

接下來，他現場確定武大定是中毒身死，他假裝中了惡，昏迷不醒，被人用門板抬回家，離開了是非之地。

他悄悄告訴老婆：「武大……定是中毒身死。我本待聲張起來，卻怕他沒人作主，惡了西門慶，卻不是去撩蜂剔蠍？待要胡盧提入了棺殮了，武大有個兄弟，便是前日景陽岡上打虎的武都頭，他是個殺人不眨眼的男子，倘或早晚歸來，此事必然要發。」

聲張起來，不敢，怕西門慶。

不聲張，又不敢，怕武二郎。

權力社會和法治社會的區別是甚麼？

權力社會裡，一個人會怕另一個人。

法治社會裡，一個人不用怕另一個人。

何九叔明明知道武大是被毒死的，但是，他怕西門慶，選擇了沉默。

他之所以又保存武大的骨殖以作證據，不是因為良知，

而是因為他也怕武松。

又怕西門慶，又怕武二郎，何九叔是可憐的。在權力社會裡，所有的人都是可憐的，都是滿腹懼怕的何九叔。

因為怕，何九叔，武大的眾鄰舍們明知道他死得不明，但誰都不願意站出來，揭開真相，還武大一個公道。

都成了同謀。

這樣的沉默，我們在林沖被迫害時，看到過。

在金翠蓮父女被鎮關西欺凌時，看到過。

在整個《水滸傳》故事裡，舉凡弱者被欺凌的地方，必有沉默的大多數，站在一旁，沉默不語。

假如這個世界墮入黑暗，那麼，吹滅最後一盞燈的，不是壞人的囂張氣焰，而是好人的忍氣吞聲。

主持正義的成本核算

　　潘金蓮西門慶在王婆的策劃下殺死武大郎後，最大的危險，是武松。所以，善後工作的關鍵，是要在武松回來後相信武大是病死的，即使懷疑，也查不出真相。

　　要做到這一點，必須把事情做得不知不覺，瞞住所有人的眼。

　　而這是萬無可能的，因為，此前西門慶潘金蓮偷情通姦在紫石街已是沸沸揚揚，武大捉姦被西門慶踢傷也是人人皆知。如果此時武大蹊蹺地死了，根本無法控制別人往謀殺上去聯想。

　　既然不能瞞住所有人的眼，那就換一個思路：封住所有人的口。

其實，王婆在給潘金蓮西門慶出這個殺人的主意時，她的前提，就是對於封住所有人口的信心。

要知道，王婆是一個深通人性並特別善加利用的人。這在前面她計啜西門慶，套牢潘金蓮時我們就已經見識了。

果然，在潘金蓮毒死武大後，第二天早晨，雖然鄰舍坊廂來弔問時明知道此人死得不明，卻不但不敢質疑潘金蓮，反而都裝糊塗說人情話安慰潘金蓮，然後——各自散了！

這一切都在王婆的意料之中，她此時一定躲在門後冷笑。

當然，她還擔心一個人。那就是陽谷縣殯葬協會的會長——團頭何九叔。

因為何九叔是入殮師，承擔着相當於今天法醫的職責，他要對一個非正常死亡的人出具相關證明，並為此負責——至少，武松回來，一定會找到他了解情況。這種責任會讓他不得不較真。這正是王婆擔心的。

但是，西門慶不擔心，他只用十兩銀子就搞定了何九叔。

其實，搞定何九叔的，不是十兩銀子，而是西門慶。何九叔不是貪十兩銀子，他是怕西門慶。

西門慶只是用這十兩銀子暗示何九叔：這事是我的事。你要是不明白這個事，你就攤上事，攤上大事了。

何九叔一下子就明白了這是怎麼回事了，一下子就不敢草率從事了。

為甚麼何九叔那麼怕西門慶呢？兩個原因：

西門慶是個刁徒。西門慶把持官府。

在封建社會，普通百姓最怕的，就是這兩樣東西：流氓和貪官。

關漢卿《竇娥冤》中竇娥碰到的，不就是流氓張驢兒和貪官桃杌嗎？不就是這兩個東西把竇娥送上了斷頭台嗎？

讀《水滸傳》，常常讓人聯想到元雜劇。

二者產生於相同的時代，同一個社會。

何九叔來到武大家，揭開蓋在武大臉上的千秋幡，見武大面皮紫黑，七竅內津津出血，唇口上微露齒痕，他的專業知識和多年的經驗使他很快判斷出：武大定是中毒身死。

何九叔大叫一聲，望後便倒，口裡噴出血來，但見指甲青，唇口紫，面皮黃，眼無光。正是身如五鼓銜山月，命似三更油盡燈。眾人趕緊扶住。

王婆便道：「這是中了惡，快將水來！」噴了兩口，何九叔漸漸地動轉，有些甦醒。王婆道：「且扶九叔回家去，卻理會。」

兩個處理屍體的火家尋扇舊門，抬何九叔到家裡，何九叔覷得火家都不在面前，悄悄告訴老婆：「武大……定是中毒身死。我本待聲張起來，卻怕他沒人作主，惡了西門慶，卻不是去撩蜂剔蠍？待要胡盧提入了棺殮了，武大有個兄弟，

便是前日景陽岡上打虎的武都頭，他是個殺人不眨眼的男子，倘或早晚歸來，此事必然要發。」

於是，急中生智，假裝中邪，昏迷過去。

老婆便道：「如今這事有甚難處。只使火家自去殮了，就問他幾時出喪。……你到臨時，只做去送喪，張人眼錯，拿了兩塊骨頭，和這十兩銀子收着，便是個老大證見。他若回來不問時，便罷。卻不留了西門慶面皮，做一碗飯卻不好？」

可憐的武大，他的性命，就做了何九叔夫妻的一碗飯了！

當人們主持正義卻要砸了飯碗時，人們往往選擇的是飯碗而丟棄正義。對利害的考慮總是壓過是非的判斷，這是一般人性。

像何九叔這樣的普通小民，心中是有是非，有良知的，但是，假如他們得不到保護，獨自主持是非的成本太高，高到他們無法承受，他們只能選擇沉默，並且，在沉默中成為罪行和惡人的同謀。

那樣一個時代，大多數情況下，普通的芸芸眾生既不具備保護自己的能力，更不具備保護他人維護正義的能力。邪惡肆虐之時，普通人就是魯迅先生所沉痛揭示的兩種人：

一是被踐踏的示眾材料；

二是沉默不語的看客。

何九叔明明知道武大是被毒死的，但是，他在權衡利弊之後，選擇了做沉默的看客。

假如沒有武松，或武松永不回來，或回來不去威逼他說出實情，他就會永遠沉默，讓無辜者永遠冤沉大海！

其實，只要大多數不再沉默，人們本來無須英雄。人們可以自己救自己。

英雄爆發的時候，正是大多數人沉默的時候。

英雄挺身而出的時候，正是大眾不敢出頭的時候。

因此，有《水滸》式英雄的時代，一定不是一個好時代。

孳生和需要英雄俠客的世道，也一定不是一個好世道。

在委屈和凌辱中只會巴望英雄俠客出手的人，一定是個懦夫。

問題是：是甚麼把大眾變成了懦夫？

答案是：是成本核算。當一個人為了主持正義，卻不得不付出不該付出的代價時，這個社會的大多數人，就變成了懦夫。

誰的快活林，誰快活

　　武松殺嫂，刺配滄州牢城。牢城「小管營」施恩不但幫忙免了武松的一百殺威棒，還好酒好菜侍候武松。弄得武松丈二和尚摸不着頭腦。

　　原來，此間東門外有一座市井，地名喚做快活林。

　　照施恩的說法，快活林還真是快活。

　　第一，快活林是個跨省區的貿易場所。商舖、客棧、酒店達百十處之多。山東、河北客商都慕名而來。

　　第二，賭場、兌坊有三二十處。所謂兌坊，乃是專為賭徒而設的錢莊。賭徒進賭場前，到此把大錠銀子兌成小額，以便下注。贏了的，再把碎銀子兌成大錠；輸了的，這兌坊又

是當舖，把身邊值錢的東西當些錢再來翻本。

第三，妓院林立，妓女如雲。

問題是，施恩是如何讓快活林變成他的快活林的？

第一，是「倚仗隨身本事」。說白了，就是打砸搶。但他的本事有多大呢？用他自己的話說，「自幼從江湖上師父學得些小槍棒在身」。江湖上的師父，大概也就像史進在碰到王進之前所經的那「七八個有名的師父」，本領不值半分。但是這樣的本事，嚇唬普通老百姓，打打那些開店的小老闆，綽綽有餘了。當然，如果碰到真功夫的，一定立馬現出原形。

第二，根本原因在於，他老子是管營，也就是監獄長或者勞教所所長。他呢？人稱小管營，他倚仗老子，在監獄中為非作歹。以致竟然能夠動用八九十個「拚命囚徒」，當作打手，組成了一個相當規模的黑社會，而他呢，就是黑社會的老大。

施恩獨霸快活林之後，他又如何快活呢？

第一，他去那裡開着一個酒肉店，店中酒肉都分與眾店家和賭錢兌坊裡，也就是說，他壟斷了此地的酒肉專賣。

第二，坐收保護費。百十處大客店，三二十處賭坊、兌坊，每朝每日都有閒錢。月底還固定有三二百兩銀子進賬。

施恩在快活林裡很快活。

只是，你要快活，別人也要快活。快活林這樣一個快活的地方，你在那裡快活，總有人覬覦着。你施恩夠狠，夠黑，從妓女到客店、賭坊、兌坊老闆都怕你，都不得不孝敬你。但是，你能這樣幹，別人也能這樣幹，只要他比你更狠更黑。

這個人出現了，他就是蔣門神蔣忠。

為甚麼説蔣門神比施恩更狠更黑呢？

第一，蔣門神更狠，他的武功遠在施恩之上。

他有九尺來長身材；因此，才有「蔣門神」這樣的諢名。那廝不特長大，還有一身好本事，使得好槍棒；拽拳飛腳，相撲為最。據施恩説，他自誇大言道：「三年上泰嶽爭交，不曾有對；普天之下沒我一般的了！」

他就憑着這身武藝，來奪施恩的財路。施恩不肯讓他，吃那廝一頓拳腳打了，兩個月起不得床。武松在點視廳上見到施恩時，兀自包着頭，兜着手，直到如今，瘡痕未消。

施恩不是還有他老子這個監獄長後台嗎？不是還有八九十個「拚命囚徒」的打手嗎？

但是，蔣門神的後台比施恩的更硬。所以——

第二，蔣門神更黑。蔣門神此時的後台乃是本營內張團練（宋代至民國初年，於正規軍之外就地選取丁壯，加以訓練的地主武裝組織，稱「團練」，亦以「團練」稱其頭目，相當於武裝部部長）。張團練不僅地位高過監獄長，而且手下有着經過訓練的丁壯，且是合法武裝。

蔣門神有了這樣的兩個絕對優勢，對施恩取而代之，易如反掌。快活林還是那個快活林，但是，快活的人變了，現在輪到蔣門神快活了。

　　星星還是那個星星，月亮還是那個月亮。怎麼偏偏快活林不是自己的快活林了呢？

　　施恩仰天長歎，施恩不快活了。

　　但是，他無可奈何。

　　誰讓自己打不過蔣門神，自己老子的官職大不過張團練呢？

　　問題一：快活林是誰的快活林？

　　答：是權力和暴力的快活林。

　　問題二：誰在大宋王朝快樂而自由？

　　答：官員和流氓。

李逵撒嬌

　　李逵上了梁山之後，不久，宋江的父親宋太公被接上山來，一同快活了。公孫勝觸景生情，也要回鄉看望老母，大家一起為公孫勝餞行。

　　眾頭領金沙灘送別公孫勝，卻待回到山上，只見黑旋風李逵就關下放聲大哭起來。

　　宋江連忙問道：「兄弟，你如何煩惱？」

　　李逵哭道：「干鳥氣麼！這個也去取爺，那個也去望娘，偏鐵牛是土掘坑裡鑽出來的！」

　　我統計了一下，李逵一生，哭過三次。

　　這是第一次，還有就是他的老母被老虎吃了時，第三次

是他吃了宋江的藥酒，自知必死之時。如果説還有一次，那就是一百二十回本的九十三回，李逵夢見老娘，在夢中哭過一次。

我們看，後面的那三次哭，無論是醒着還是夢中，都出於真情，情不自禁，不得不哭。而這次在酒席上放聲大哭，就頗有些做作，要回家接老娘來，至於哭嗎？再看看他自稱「鐵牛」時的聲口──既不稱李大，也不稱黑爺爺──稱起自己的小名了，毫無疑問，這是撒嬌的哭，裝憨的哭。

看起來粗魯且笨頭笨腦的李逵，其實是個很會撒嬌的人，他常常很乖巧地撒嬌。他一撒嬌，不僅晁蓋、宋江和眾兄弟們都隨順了他，就是李贄、金聖歎這樣的大家也很受用，他們都很欣賞他，我們讀者也一樣，都很喜歡他。

可以説，李逵的撒嬌，與他的板斧一樣有威力。板斧與撒嬌，是李逵的兩大法寶：板斧對付敵人，撒嬌征服朋友。

不信？請接着往下看──看他撒嬌的收穫。

晁蓋便問道：「你如今待要怎地？」

你看晁天王這口氣，就是家長對孩子的口吻。

李逵道：「我只有一個老娘在家裡。我的哥哥，又在別人家做長工，如何養得我娘快樂？我要去取她來這裡快樂幾時也好。」

晁蓋覺得李逵説的在理──其實是哭得嫵媚，便要放行。

你想想，梁山多少好漢，父母健在且在家裡活得不快樂，至少不如梁山快樂者，當不在少數。晁蓋會一一同意他們回去接來父母嗎？不會。問題還在於，他們會用這種撒嬌術來實現自己的訴求嗎？不會。

為甚麼？因為，撒嬌，必須是有資格的。

孩子可以在父母面前撒嬌，父母則不可以在孩子面前撒嬌。當然，隨着時移勢遷，年老的父母在壯年的兒女面前也就可以撒嬌了。

可見，撒嬌的前提，或資格，乃是：不能自主之人。

但孩子不能在陌生人面前撒嬌，老年人也一樣。所以，還有一個前提或資格是：與被撒嬌者有託身依附關係。

我們知道，在江州，李逵初見宋江，宋江就用十兩銀子，買到了自己的主導地位，買到了自己的心理優勢。

同樣，李逵也因為十兩銀子，丟掉了自己的身份，並幸福地被宋大哥罩着了。

但出人意料，這次李逵撒嬌，晁天王都受用並答應了他，宋江卻不同意。

為甚麼呢？

因為宋江認為李逵莽撞，又被官府緝捕，此去凶多吉少。

李逵焦躁，叫道：「哥哥，你也是個不平心的人。你的爺，便要取上山來快活，我的娘，由她在村裡受苦。兀的不

是氣破了鐵牛的肚子！」

你看這樣的話，如果換一個人說，比如林沖，比如武松，就非常不合適，就會引發矛盾。但是李逵說，就非常自然，不但宋江不會計較，其他人聽了，也不覺得刺耳。為甚麼？因為他是撒着嬌說的。

人們為甚麼對撒嬌不計較，反而很受用呢？因為，撒嬌不光是一種對對方說話表達的方法，更是一種說話表達的態度：撒嬌者總是主動地把自己放在依附的位置上，通過一種人格上的屈尊來換取對方的恩寵。結果是雙贏：不僅自己達成了目的，還滿足了對方的心理需求——對方在滿足他的時候，不僅沒有感覺到自己受損失被綁架，反而覺得自己賺了：自己成了主子了。

重陽節上，宋江乘着酒興作《滿江紅》一詞，令樂和演唱，唱到「望天王降詔早招安，心方足」時，李逵睜圓怪眼，大叫道：「招安，招安，招甚鳥安！」只一腳，把桌子踢起，顛做粉碎。

宋江大怒，要監押他時，李逵道：「你怕我敢掙扎。哥哥殺我也不怨，剮我也不恨，除了他，天也不怕。」說了，便隨着小校去監房裡睡。

剛才好生猛，此時好乖順——簡直是個乖寶寶的樣子。

我們注意這最後一句：「除了他，天也不怕。」這是當眾

表忠心，也是當眾撒嬌，還是當眾做榜樣，當眾立威風。誰不服宋江，我李逵就放不過誰。

一句話，不但消了宋江的氣，反而讓宋江念起他的好。

次日清晨，眾人來看李逵時，故意嚇唬他：「你昨日大醉，罵了哥哥，今日要殺你。」

李逵道：「我夢裡也不敢罵他，他要殺我時，便由他殺了罷。」

撒嬌到這種水平，宋江捨得殺嗎？

心腹人

　　李逵為了救柴進，要和戴宗去薊州尋找公孫勝。

　　到了薊州，找到了公孫勝，公孫勝的本師羅真人卻不放公孫勝下山。李逵殺心又起，連夜砍殺羅真人。被真人教訓，一陣惡風，把李逵吹到薊州府廳屋上，又骨碌碌滾將下來。被薊州知府當做妖人，打得一佛出世，二佛涅槃，羈押在薊州大牢。

　　這可急壞了戴宗。戴宗一連五日，每日磕頭禮拜，求告真人，乞救李逵。羅真人道：「這等人只可驅除了，休帶回去。」

　　戴宗告道：「真人不知：李逵雖是愚蠢，不省理法，也有

些小好處：

「第一，鯁直，分毫不肯苟取於人；

「第二，不會阿諂於人，雖死，其忠不改；

「第三，並無淫慾邪心、貪財背義，敢勇當先。

「因此宋公明甚是愛他。不爭沒了這個人回去，教小可難見兄長宋公明之面。」

值得我們注意的是，戴宗對羅真人說的話裡，透露出了一個秘密：

那就是宋江很愛李逵。

宋江愛李逵的理由，戴宗這裡說了三點。但戴宗這裡說的李逵的三點，乃是李逵的公德，而宋江之愛李逵，還有李逵和他的私人關係。

當宋江在江州第一次見到李逵時，就刻意加以籠絡。江州劫法場一役，李逵表現出來的對宋江的肝腦塗地的赤膽忠心，給宋江留下了難忘的印象。

更何況此前，宋江在獄中時，李逵還能克制自己的散漫與嗜酒惡習，對他悉心關照，送茶送飯。

劫法場後，打破無為軍，活捉黃文炳，是李逵親自主刀，割了黃文炳，為宋江報仇雪恨。

當時宋江很想以自己的名義籠絡眾位好漢上山，增加梁山的力量，也增加自己的資本，他很誇張地跪在地上，懇請

眾位好漢隨他一起上山。這時，李逵又不失時機地跳出來，揮動他那雙令人生畏的板斧，大叫：「都去都去！但有不去的，我一斧頭砍做兩截便罷！」

一個唱紅臉，一個唱白臉，一個用膝蓋，一個用大斧，配合得天衣無縫。

這也算是李逵在眾人面前第一次顯示自己作為宋江心腹人的角色。

從此，宋江私下裡，就把李逵看做心腹人了。

在一個封閉性的、一切禍福擢謫都由系統內部決定的體系裡，有無「心腹人」，對於一個領導來說，是很重要的。

王倫在被林沖火併時，大叫「我的心腹在哪裡？」回答是一片沉默。他沒有心腹，因此，下場很慘。

盧俊義稱呼燕青是「我的那個人」，因為有了燕青這個心腹，盧俊義雖九死而終於一生。

那麼，宋江有沒有心腹人？

當然有。宋江的心腹人，就是李逵。

這從宋江自己的話也可以證明。

元宵佳節，宋江與柴進、燕青、戴宗、李逵同到李師師家。李逵素來缺少男女之事的興趣，但他並不缺乏對別人這類事的興趣——看見宋江、柴進與李師師對坐飲酒，打情罵

俏，自肚裡有五分沒好氣，圓睜怪眼，直瞅他三個。

李師師便問宋江道：「這漢是誰？恰像土地廟裡對判官立地的小鬼。」眾人都笑，好在李逵聽不懂東京口音，否則説不定會劈了這個娘們。

且看宋江的回答：「這個是家生的孩兒小李。」

甚麼叫家生的孩兒？就是家中的奴僕生下的孩兒。

這一句話透露出李逵在宋江心目中的地位：

宋江親近他，但不會敬重他。

因為是家生的，所以天然一損俱損一榮俱榮休戚與共生死以之；但是，同樣因為是家生的，生下來就決定了他們之間的不平等的主奴關係依附關係。

宋江這樣對李師師説，當然是隨口誑編，但正因為是隨口誑編，從心理學的角度來説，恰恰反映的是現實中本質性的關係。

再往下看。

李師師笑道：「我倒不打緊，辱莫了太白學士。」

李師師錯了，宋江要的不是能夠對等交談的朋友，他要的，是赤膽忠心隨時可以肝腦塗地的保鏢。

宋江道：「這廝卻有武藝，挑得三二百斤擔子，打得三五十人。」

宋江稱呼李逵，不過就是「這廝」「黑廝」等等。宋江在

骨子裡，對李逵是缺少敬重的。

而在宋江心目中，李逵的價值，就是擔得起擔子，打得過人。

這正是心腹人的關鍵要求。

宋江知道他忠心而無頭腦心計，更無自己的野心。這樣的人，是最好的手下。

宋江被蔡京、童貫、高俅、楊戩四個賊臣下藥之後，請來李逵吃酒食，把那藥也給李逵下了，並坦然相告，約他死後同葬蓼兒窪。

不是主人，豈敢決定人的生死，並自信對方不會翻臉？

果然，李逵見說，亦垂淚道：「罷，罷，罷！生時伏侍哥哥，死了也只是哥哥部下一個小鬼！」言訖淚下。

不是心腹人，豈能生死交付對方，心甘情願？

做主而至於生死大事，是主人。

依託而至於生死不渝，是心腹。

吳用反水

　　吳用本來是晁蓋的知交，一起策動了智劫生辰綱，一起
上梁山，一起火併王倫，一起主持梁山大業，算是晁蓋的嫡
系班底。

　　他與宋江並不認識，第十七回《美髯公智穩插翅虎　宋
公明私放晁天王》，宋江跑去晁蓋莊上報信，晁蓋讓宋江見一
見尚留在莊上的三位好漢。

　　宋江來到後園，晁蓋指着道：「這三位，一個吳學究；一
個公孫勝，薊州來的；一個劉唐，東潞州人。」宋江略講一
禮，回身便走——這三人他都是第一次見，包括同在一縣的吳
學究吳用。

因為他走得急，弄得吳用等人丈二和尚摸不着頭腦，待晁蓋說完宋江來報信搭救的原委，吳用道：「若非此人來報，都打在網裡。這大恩人姓甚名誰？」晁蓋道：「他便是本縣押司，呼保義宋江的便是。」吳用道：「只聞宋押司大名，小生卻不曾得會。雖是住居咫尺，無緣難得見面。」

但是，幾乎是宋江一上山，他就站到了宋江一邊。

為甚麼呢？這其實很好理解：

第一，他是有志向有能力的人。

第二，他是聰明人。

因為他有志向，有能力，他與宋江一樣，有強烈的自我實現的慾望。這樣的人，誰給他自我實現的機會，他就會傾向誰。他和晁蓋在梁山很久了，他一定發現，晁蓋不是一個有志幹大事的人，而宋江是。

因為他是一個聰明人，他豈能看不出來，這梁山遲早是宋江的？宋江帶着江州一幫好漢上梁山後，有意無意地讓舊頭領和新頭領左右分立，吳用不但看出了晁蓋、宋江雙方的實力對比，也一定看出了宋江的真實心思。

作為領袖，宋江確實比晁蓋更具有戰略眼光，更有遠見和謀劃。他不像晁蓋那樣，把梁山只是當作一個江湖好漢作奸犯科以後的遁逃藪，在此胡吃海喝，沒有明天。宋江的遠

見和謀劃是：作為一個初具規模的反叛朝廷的軍事集團，要有前途或出路，必須實力足夠大。大到甚麼程度呢？

第一，最好當然大到可以推翻朝廷，自己取而代之。但是，宋江深知這是不可能的。大宋氣數未盡，梁山龍形未具。

第二，大到朝廷不能輕易消滅你，然後長期共存。宋江也深知這是不可能的，梁山的經濟主要來源於打家劫舍，周圍方便之地的家舍總有打盡劫光之時，而梁山好漢也終有英雄暮年之時。

可見，這兩條都不易實現，但沒關係，還可以有第三條：

第三，大到可以和朝廷談判，爭取自己的權益。

當朝廷意識到，招安梁山的成本低於剿平梁山的成本時，梁山就有機會獲得招安，彼時，梁山好漢不僅可以有了一個好的歸宿，還可以洗刷盜匪的名聲，為自己的家族、後代留下後路。

這就是宋江對梁山未來的大規劃。這個規劃的關鍵，是，梁山需要有實力。

而梁山此時的實力顯然太小。

於是，發展成了硬道理。

要發展，就不能太保守，要主動出擊。

宋江在等待機會，而機會竟然很快就來了。

楊雄、石秀殺了潘巧雲，和時遷投奔梁山，在祝家店

投宿，時遷惡習難改，偷了店裡報曉雞吃，與店小二鬧將起來，放火燒了人家的店，還殺傷他們好幾個人。結果，時遷被抓，楊雄、石秀上山來求救。

沒想到剛說到時遷偷雞，晁蓋大怒，喝叫：「孩兒們將這兩個與我斬訖報來！」

宋江慌忙勸住，道：「哥哥息怒。兩個壯士，不遠千里而來，同心協助，如何卻要斬他？」

晁蓋道：「俺梁山泊好漢，自從火併王倫之後，便以忠義為主，全施仁德於民。一個個兄弟下山去，不曾折了銳氣。新舊上山的兄弟們，各各都有豪傑的光彩。這廝兩個，把梁山泊好漢的名目去偷雞吃，因此連累我等受辱。今日先斬了這兩個，將這廝首級去那裡號令，便起軍馬去，就洗蕩了那個村坊，不要輸了銳氣。孩兒們快斬了報來。」

為甚麼要斬他們？

一是，偷別人的雞，玷辱了梁山的名聲。梁山上都是豪傑，都有豪傑的光彩，哪能容得下偷雞摸狗之徒？

二是，被別人活捉，折了梁山的銳氣。

但是宋江的看法不一樣。他認為：

第一，鼓上蚤時遷原是此等偷雞摸狗之人，並非是楊雄、石秀要玷辱山寨。所以，不該殺。

第二，眼下山寨正要招兵買馬，不可絕了賢路。

250

宋江接着便請求親領一支軍馬，帶上幾位兄弟下山，去打祝家莊。並分析打下祝家莊的好處：一是與山寨報仇，不折了銳氣；二乃免此小輩被他恥辱；三則得許多糧食，以供山寨之用；四者就請李應上山入夥。

宋江的話音剛落，吳用便馬上表態：「公明哥哥之言最好，豈可山寨自斬手足之人？」

這不僅是支持宋江，而且是批評晁蓋。

吳用從此，就站到了宋江一邊。

吳用的話音剛落，戴宗便道：「寧乃斬了小弟，不可絕了賢路。」這簡直是要挾晁蓋，挑戰晁蓋。

接下來，便是眾兄弟一邊倒地支持宋江。

打無為軍時，大家一致聽了宋江，否決晁蓋。

打祝家莊時，大家又一致否決晁蓋，聽了宋江。

如果說，打無為軍還是晁蓋在某一件具體事務上屈從宋江；那麼，這件事情就標誌着，在事關梁山未來方針的方向性大事上，晁蓋交出了決策權。

晁蓋交出決策權的關鍵因素，就是吳用：

他選擇站在了宋江一邊。

宋江搞怪

　　宋江在江州寫反詩，被黃文炳告發。晁蓋帶眾好漢下山，千里奔襲江州，大鬧法場，救了宋江，接着又打了無為軍，活捉並活割了黃文炳，為宋江報了仇。就在眾好漢都來草堂上與宋江賀喜時，宋江突然對着眾兄弟跪了下去。

　　這是一個出人意料的舉動，弄得眾頭領也慌忙跪下，齊道：「哥哥有甚事，但說不妨，兄弟們敢不聽？」

　　宋江到底有甚麼重大事情，要如此大動干戈呢？

　　宋江先是繞很大的彎子，敍述生平、志向和遭際，然後話鋒一轉，道：「感謝眾位豪傑不避兇險，來虎穴龍潭，力救殘生，又蒙協助，報了冤仇。如此犯下大罪，鬧了兩座州

城，必然申奏去了。今日不由宋江不上梁山泊投託哥哥去，未知眾位意下若何？如是相從者，只今收拾便行；如不願去的，一聽尊命。只恐事發，反遭負累，煩可尋思。」

原來，就是要說服眾位兄弟一起上山！這至於要跪下說嗎？

何況這本來不是問題。因為，除了晁蓋從梁山帶來的十七人，其他的十三人裡，要說對以前的生活還有留戀的，最多也就是大地主身份的穆弘、穆春兄弟。

再說了，正如他們自己認識到的，「殺死了許多官軍人馬，鬧了兩處州郡，……朝廷必然起軍馬來擒獲。今若不隨哥哥去，同死同生，卻投那裡去？」

所以，宋江此番言論，很沒有必要，尤其不值得如此煞有介事。

但宋江此舉，絕不是他糊塗，他有他的用意。

這個用意就是要表明：這一幫兄弟，乃是我宋江的兄弟，是我把他們拉上山的。

本來，此次晁蓋親征江州，聚集了江州包括宋江在內的十三條好漢，如果就這樣順理成章上了山，還真的就是晁蓋帶上山的。

但宋江這麼一跪，這麼一說，立馬形勢大變：這一幫兄弟，是我拉上山的。

如此，就不再是梁山寨主晁蓋號令大家一起投奔梁山，也不是大家自己投奔梁山，而是——宋江帶着大家投奔梁山。

如此，就不是宋江到晁蓋的梁山公司謀職找工作，而是帶着資本去和梁山公司合夥，甚至，由於他的資本超過了晁蓋的梁山公司，他還能玩以大吃小鳩佔鵲巢的把戲。

接下來，大家果然都表示要「隨哥哥去」，注意，這個哥哥，指的是宋江哥哥啊。

而「宋江大喜，謝了眾人」。我們該明白宋江為甚麼「大喜」。「謝了眾人」，好像是人情自己擔上，其實是功勞自己攬上了。

接下來是浩浩蕩蕩上梁山。

大隊人馬分作五起，節次進發，只隔二十里而行。第一起晁蓋、宋江、花榮、戴宗、李逵五騎馬，帶着車仗人伴，在路行了三日，途經黃門山，只見山嘴上鑼鳴鼓響，山坡邊閃出三五百個小嘍囉，當先簇擁出四個好漢，各挺軍器在手，高聲喝道：「你等大鬧了江州，劫掠了無為軍，殺害了許多官軍百姓，待回梁山泊去？我四個等你多時！會事的只留下宋江，都饒了你們性命。」

此時，宋江身邊，有花榮、戴宗、李逵這樣的戰將，按施耐庵的寫法，連晁蓋都執刀在手保護着他，何況，後面還有大隊人馬，他根本不需要怕。

但是，讓我們大跌眼鏡的事情又發生了。

　　宋江聽得，便挺身出去，跪在地下，說道：「小可宋江被人陷害，冤屈無伸，今得四方豪傑救了性命，小可不知在何處觸犯了四位英雄，萬望高抬貴手，饒恕殘生。」

　　你道這來的四個所謂好漢是誰？

　　歐鵬、蔣敬、馬麟、陶宗旺。就這四個鳥人。

　　面對四個鳥人，身後還有四個猛人，宋江竟然跪求饒恕。就算你自己沒有自尊心，你的身邊，那可是花榮、李逵這樣的一流高手啊！晁蓋也不錯，戴宗也不弱啊！

　　花榮、李逵、戴宗，都是位列天罡的人物，而歐鵬四個，都在地煞星裡。哪有天罡怕地煞的啊！

　　宋江這樣做，不是侮辱花榮他們嗎？

　　而晁蓋，還是天下英雄嚮往的梁山寨主。他這一跪，置晁蓋於何地？置梁山於何地？

　　但是，非常令人奇怪的是，那四個猛人竟然一聲不吭，連李逵這樣的火爆人物，此時也傻站着。

　　只有一個解釋：他們和我們一樣，完全被宋江弄糊塗了，一時之間，無法做出反應。

　　宋江為甚麼這樣窩囊，這樣丟人現眼？

　　他心裡其實很明白：在對方點名要留下他的情況下，他定要出頭，以顯示他敢於承當。可是他沒有甚麼武功，不能上前搏殺。他又不能指手畫腳，派李逵等等的出戰，畢竟晁

蓋在旁。他又不願意等晁蓋發號施令，這三個人，都是他的
兄弟，他不想他的兄弟習慣了被晁蓋指揮。

　　於是，他只能做出如此奇怪的舉動。

　　事實上，宋江一直是善於搞怪的。

　　問題是，我們要見怪不怪。這世界，一切搞怪背後，都
有着非常合理的邏輯。

宋江：半生軌跡兩封信（上）

　　晁蓋智劫生辰綱，宋江擔着血海也似的干係救了晁蓋，晁蓋上山做了寨主，宋江依舊在鄆城縣做他的「鄙猥小吏」。晁蓋做強盜，做得越來越有滋味，宋江做小吏，做得越來越沒滋味；晁蓋的人生，越來越有聲有色了。而宋江的人生，如同閻婆惜，聲色倒是有些，卻是別人的了。

　　二者好像兩條鐵軌，似乎不可能再相交了。

　　但是，有一天，晁蓋派人來了。

　　派誰來了呢？劉唐。

　　幹啥呢？送感謝信來了，送金子來了。

劉唐傳書，是改變宋江人生軌跡的一個大關節。

實際上，就有人認為，劉唐傳書，乃是吳用的一個陰謀，其目的，就是逼宋江上山。

提出這個驚人見解的學者是我非常尊敬的《水滸傳》研究者馬幼垣先生。

馬幼垣先生曾為此專門寫過一篇文章，叫《劉唐傳書的背後》。他認為，吳用派劉唐來給宋江送感謝信，送金子，其目的絕不是簡單地表達感謝，而是另有更大的目的。那就是故意拖宋江下水，逼他上梁山。

馬幼垣先生認為，這是吳用不惜犧牲劉唐，讓宋江暴露，逼宋江下水。

我覺得馬幼垣先生的推論對了一半：吳用確實想拉宋江上山，但不是用甚麼計策讓他暴露，逼他上山，而是無論在信中，還是讓劉唐傳話，都極力描述梁山的興旺，晁蓋等眾兄弟的得志，以此吸引宋江上山。

至少給宋江一個深刻的印象，在他的心裡埋下一個大大的伏筆。

這個目的，吳用還真的達到了。

我們來看看劉唐對宋江說的話。

劉唐道：「晁頭領哥哥，再三拜上大恩人。得蒙救了性命，現今做了梁山泊主都頭領。吳學究做了軍師，公孫勝同

掌兵權。林沖一力維持，火併了王倫。山寨裡原有杜遷、宋萬、朱貴，和俺弟兄七個，共是十一個頭領。現今山寨裡聚集得七八百人，糧食不計其數。只想兄長大恩，無可報答，特使劉唐齎一封書，並黃金一百兩，相謝押司並朱、雷都頭。」

說的，全是山寨的興旺發達。

信裡又寫了甚麼呢？這封信後來閻婆惜看了，發現「上面寫着晁蓋並許多事務」。你表示感謝，何必寫着梁山的許多事務？

可以想見，這許多事務，不外乎就是描述山寨的興旺氣象。讓宋江感覺到，那是一個可以大幹一場的地方！

馬幼垣先生非常正確地指出，如果僅僅為了表示感謝，為安全計，叫劉唐口頭表達即可。即使吳用覺得有封書信才夠禮貌，也盡可以十分含蓄，簡函一紙：「日前承助，功同再造，銘感不在言宣，詳情容來者面陳不贅。」即可。何必來一封總報告式的長信？

馬幼垣先生的答案是：吳用寄望於這封信落入他人之手，讓宋江暗通梁山之事暴露，逼宋江上山。

我覺得馬幼垣先生的這個推想太大膽了。

因為，宋江是個極其謹慎的人，這封信落入他人之手的可能性微乎其微。

我的答案是：吳用的真正目的是，讓宋江讀完此信後，

對梁山產生嚮往之情，誘宋江上山。

我的答案馬上就應驗了。

宋江慌慌張張地送走了劉唐，自慢慢行回下處來，一邊走，一邊肚裡尋思道：「早是沒做公的看見，爭些兒惹出一場大事來！」

這是驚嚇的。但是，與此同時，他又在想：

「那晁蓋倒去落了草，直如此大弄。」

這裡面有多少暗中的羨慕啊！面對着以前兄弟的「大弄」，自命不凡的宋江，胸中頓起波瀾。

宋江是一個有着強烈的自我價值實現慾望的人。

押司這樣的一個身份，無法滿足他的自我實現的需求。

押司，宋時辦理文書、獄訟的地方胥吏，在官員指揮下，負責處理具體政務，特別是經辦各類官府文書的低級辦事人員，他們主要是具有一定文化水平和經濟水平的平民，在身份上與一般經科舉入仕的官員，截然不同，政治、社會地位都相當卑下。而且，在唐以後，逐漸嚴格區分官、吏，一個人一旦做吏，一般情況下就不能再做官，所以，宋江實際上已經自斷前程。

但是，他這樣的人，讓他一輩子屈沉吏員，他是不能容忍的。

所以，晁蓋現在呼風喚雨、統御眾多頭領和七八百嘍囉

的風光，觸動了他心中隱藏很深的那根弦。

吳用為甚麼派劉唐給宋江送信送金子？吳用其實知道宋江一不缺金子，而並不等待他們用金子來表達感謝。他送金子，其實只是告訴宋江：我們現在位尊而多金。

比下級小吏如何？

宋江果然心中波瀾頓起。

《水滸》特意安排的細節就是，宋江送走劉唐，就撞見閻婆。就被閻婆惜看到了那封信，就殺了閻婆惜而逃亡在路上。

而這條路，卻通向梁山。

我們暫時還看不出，宋江自己也未必知道，但是，事實會證明這一切。

在清風山，他憑着自己在江湖上的名聲接連折服了清風山上的三位江湖強盜，接着是花榮、秦明和黃信三位朝廷將官，從江湖到朝廷，這些人都入了他的彀中，成了他手下俯首帖耳服從指揮調度的戰將。打下了清風寨，反了花榮、秦明、黃信，直接震動了朝廷。

五七日後，消息傳來，朝廷要起大軍來征剿，掃蕩清風山。清風山這麼個小地方，能夠抵禦朝廷大軍的征剿嗎？

當然不能。但是，宋江早已有了後手：那就是去梁山。

劉唐傳書，就是要在宋江的心中，刻下梁山的深刻印

記，讓他時時想着梁山。他在活捉秦明，打青州，打清風寨的時候，早就想好了這一步棋。沒有這樣的後手，沒有梁山作後盾，他前面敢如此大張旗鼓地與朝廷作對嗎？

一句話，心中有梁山，才敢大鬧清風山。

宋江：半生軌跡兩封信（下）

大鬧清風山後，朝廷震動，大軍來剿。宋江不慌不忙，托出心中早就想好的去處：梁山。

當秦明懷疑梁山不肯接納時，宋江大笑，洋洋得意地把自己和梁山的淵源和盤托出。

接下來，三二百匹好馬，三五百人，浩浩蕩蕩，分作三起，上梁山去。路過對影山，宋江又拉攏了呂方、郭盛，一起上梁山泊去。一下子就給梁山送去八條好漢。

而宋江自己，卻中途變卦了，沒有上梁山。這是為甚麼呢？

因為，宋江又收到了一封信。

原來，為了不出意外，宋江和燕順二人帶領隨行十數人，先投梁山泊來接洽。在路上酒店歇腳吃酒時，碰到石將軍石勇，石勇給宋江帶來了宋清的家書。家書上說，宋太公因病身故，現今停喪在家，專等宋江回家遷葬。

　　宋江讀罷，叫聲苦，不知高低，自把胸脯捶將起來，自罵道：「不孝逆子！做下非為，老父身亡，不能盡人子之道，畜生何異！」自把頭去壁上磕撞，哭得昏迷，半晌方才甦醒。

　　接着，他分付燕順道：「不是我寡情薄意，其實只有這個老父記掛，今已沒了，只得星夜趕回去，教兄弟們自上山則個。」宋江問酒保借筆硯，討了一幅紙，一頭哭着，一面給梁山晁蓋寫信推薦眾位弟兄上山，交與燕順收了。秦明、花榮等人也不等，飛也似獨自一個去了。

　　剛剛還雄心萬丈，義氣沖天。雄心萬丈是要展現自己，要大幹一場；義氣沖天是要照拂兄弟，要甘苦與共。怎麼一下子就完全變了，既不要上山實現自己了，也不要兄弟了呢？

　　這就要講到宋江自己的內心矛盾問題了。

　　而這個矛盾，其實有着更為深刻的中國文化上的矛盾。

　　從中國的傳統文化觀念上講，「孝」「義」有不同的價值取向，有時甚至是互相衝突的。

　　孝直接延伸到忠。

　　孔子的學生有子就說過，一個在家庭裡懂得孝悌的人，

264

不可能犯上作亂。

《戰國策·趙策二》上說：「父之孝子，君之忠臣也。」

《呂氏春秋·孝行覽》上說：「事君不忠，非孝也。」

王通《文中子·周公》：「孝立則忠遂。」

所以，古話常常說「求忠臣必於孝子之門」。

一般人，只要想到孝，必然想到忠。孝心萌動之時，忠心也就佔了上風。

那麼，義呢？

義往往延伸到俠。

而俠卻往往會導致對國家法度的觸犯。韓非早就發現了這一點，他說：「俠以武犯禁」，就是這個意思。

忠孝是垂直上下的關係。

是天命，是無可逃於天地之間，是不容懷疑與推脫的，甚至極端到不管是甚麼樣的父母，你都得孝；不管是甚麼樣的君主，你都得忠。所以，忠孝需要的是無條件服從，而無須思考和判斷。

但是，義卻不然，義很多時候是橫向的平等關係。

義者宜也。是否適宜，就要判斷，判斷以後，才能決定是否施行。

所以，義的核心，恰恰是判斷。孔子說，見得思義，義是要思考的。

　　忠孝和俠義往往使人成為氣質不同的人。

　　忠孝可以讓人變成溫順的良民。

　　而俠義卻常常使人成為豪傑。

　　因為「忠孝」是服從他者，而俠義卻是顯示自我。

　　「見義勇為」這個詞，就說明，「義」可以讓人勇於作為。所以，胸中有義氣在的人，往往有着強烈的自我肯定自我欣賞，往往有着強烈的自我實現的欲望。

　　宋江，就是胸中既有忠孝順從的一面，又有強烈的自我實現願望的人。

　　宋江救晁蓋，實行的是江湖之「義」，違背的卻是朝廷之「忠」。他在晁蓋命懸一線之時，「義」佔了上風，使他毫不猶豫地放棄了「忠」。

　　但是，當晁蓋上了梁山，接連幹了兩件驚天動地的大事，犯下彌天大罪的時候，宋江「忠」的一面又開始抬頭，又覺得晁蓋太過分了，很是擔憂晁蓋的下場。

　　再後來，他接到劉唐帶來的梁山書信，看到晁蓋等人在江湖上弄得有頭有臉有聲有色，他又不免暗中羨慕，他的心中，從此有了梁山情結，江湖情結。

　　不過，他此時還沒有落草為寇的想法，所以，流亡途中，他去柴進莊上，去孔太公莊上，去清風寨花榮處，就是不去梁山泊。

　　但是，流亡途中，他接觸了柴進、武松以及清風山上的眾位好漢之後，從這些人對他的無比尊崇的態度中，他突然發現自己很有江湖資本，完全可以據此有所作為。恰好又被劉高陷害，幾種因素結合起來，他的江湖情結一瞬間爆發出來，心中潛伏很深的梟雄慾望爆發出來，以至於大鬧清風山，糾集眾多強盜豪傑，一起浩浩蕩蕩投奔梁山。

　　但是，一封報告父親死訊的家書，讓他發熱的頭腦一下子冷了下來，他突然如夢初醒，幾乎在一瞬間，他的思想完全變了。

　　忠孝來了，俠義去了。

　　宋江的前半生，可以用兩封信來概括：劉唐傳書和石勇傳書。

　　一封來自江湖，一封來自家庭。

　　一封來自江湖朋友，一封來自家中老父。

　　兩封信都在拉他：一封拉他入夥，一封拉他回頭。

　　江湖朋友熱心，家中老父苦心。

劉唐傳書，讓他心向江湖，野心勃勃；

石勇傳書，讓他歸心家國，忠心耿耿。

於是，我們看到，就在這一瞬間，宋江完全變了一個人，讓燕順等人摸不着頭腦。

大家是他攛掇來的，到了半途，卻拋開大家，自己走了，何等不義！

但是，假如他此時仍然繼續上山，置老父遺體於不顧，那又是何等不孝！

人生，常常就是這樣讓我們左右為難，左右不是，左支右絀，捉襟見肘，留下人生和道德的破綻。

《水滸》的義與不義

　　《水滸》中，宋江的出場，是在何濤去鄆城縣捉拿晁蓋等人之時。宋江一出場，就幹了救晁蓋這件大事，而且幹得如此周密，如此成功，在極度驚險之中，他完成了一個幾乎不可能完成的任務。

　　從救晁蓋這一點來說，宋江確實非常地義氣。

　　用他自己的話說，是「捨着條性命」來救晁蓋，用晁蓋的話說，是「擔着血海也似的干係」來報信，「我們不是他來時，性命只在咫尺休了」。用吳用的話說，「若非此人來報，都打在網裡」。所以，晁蓋感慨地說：「四海之內，名不虛傳。結義得這個兄弟，也不枉了。」

我們讀《水滸》至此，也感歎宋江的沖天義氣。

但是，「義氣」是這樣的一種東西：義氣永遠不可能做單純的評價。

當甲對乙講義氣時，往往會牽涉到他人，比如牽涉到了丙，甚至損害了丙，我們如何評價這樣的義氣？

當我們不問是非，為朋友兩肋插刀大打出手時，我們如何面對來自對方的評價？

我這樣説，是因為，當我們讚賞宋江對於晁蓋等人的大義之時，不要忘了，他同時是在損害別人。

首先就是何濤。

何濤此人，從個人來説，並無劣跡，不過也就是一個濟州公安局刑偵科科長，他的弟弟何清喜歡賭博，他就生氣；被上司責罰，回到家，和老婆一起發愁，可見也是一個不失正派的普通的居家過日子的人。

他攤上這樣一件倒霉的事，被上級無端責罰，臉上刺了字，已經很是值得同情。他偵破此案，並來到鄆城縣抓人，是他的職責，是職務行為，與他個人品性無關。

你是賊，我是警察，警察抓賊，是職責所在。你既選擇做賊，你可以怕警察，但你不能恨警察，不能視警察為仇人。

因此，我們不能因為何濤是緝捕人員，要緝捕晁蓋等

人，就說他是壞人。

何濤碰到宋江，倒地便拜，說道：「久聞大名，無緣不曾拜識。」宋江請何濤上坐，何濤道：「小人是一小弟，安敢佔上。」要知道，何濤是上司衙門的人，如果不是敬重宋江，他完全沒有必要在下級小吏面前如此謙恭。

何濤對宋江不僅非常尊重，而且還非常信任，馬上就把真實情況對宋江和盤托出。要知道，對這件案子，何濤自始至終，都非常謹慎，非常注意保密，務求把正賊一舉抓獲。那麼，他為甚麼對宋江如此信任呢？

第一，出於對宋江本人的敬重，宋江在江湖上的名聲太大，太好，所以，他相信這樣的人決不會坑害自己。

第二，出於對宋江身份的信任，宋江是鄆城縣押司，這樣的案子，正是他主辦的範圍。辦好這件案子，是宋江的職責所在。

但是，宋江對得起何濤的尊敬和信任嗎？

從何濤的角度來看，宋江真是一個君子嗎？

正是由於對宋江的信任，他才最終辦砸了事。後來在石碣村，他被阮小七割了兩隻耳朵，成了殘廢，獲得了濟州知府的寬恕，沒有被流放，這是他的最好結局了。

仔細想想，他又何辜？是誰導致他如此悲慘的下場？

答案是：宋江。

所以，在宋江對晁蓋的「義」的另一面，是對何濤的「不義」。

江湖義氣的致命問題，即在於不問是非，只問兄弟。

這樣的江湖義氣，與孔子、孟子所説的人生大義，有極大的區別。

孔孟的「義」，乃是「正義」，關鍵在於一個「正」字。

而江湖義氣，顧名思義，致命處在於一個「氣」字。

氣，有正氣和邪氣的區別。

只問兄弟，不問是非，結果往往就是沆瀣一氣，沆瀣一氣了，當然是「邪氣」。

於是，江湖俠義，往往變為江湖「狹義」──很狹隘的、對局外人極其不公的「義氣」。

宋江豈止對何濤不義，他還對縣令不忠。

鄆城縣令時文彬，對宋江頗為關照，後來宋江殺了閻婆惜，因為「知縣卻和宋江最好」，他還百計為宋江開脱。

但是，當知縣拆開公文，要馬上差人去捉晁蓋時，宋江説：「日間去，只怕走了消息，只可差人就夜去捉。拿得晁保正來，那六人便有下落。」

宋江知道，吳用、公孫勝、劉唐都在晁蓋莊上，從縣城

到晁蓋的東溪村，不過半個時辰的路程，馬上去捉，即使有人報信，那消息走漏的速度也不會快過緝捕人員的速度，即使偶然脫逃，大白天也易於抓捕。

宋江這是明擺着愚弄知縣。

太相信宋江的知縣就聽從了宋江的建議，一直等到夜裡，才派人去抓捕，結果是晁蓋等人，全部逃脫。

濟州知府由於沒有捕獲晁蓋等人，而被撤職，回東京聽從處罰，政治前程被葬送了。

如果照此處理，晁蓋等正賊七人從鄆城縣脫逃，而且是鄆城縣延誤時機，縣令時文彬能逃脫處罰嗎？如果他的官場前程被毀，難道不是拜他平時「最好」的宋江所賜嗎？

所以，宋江辦的這件事，從不同的角度，我們會得到不同的評價。

從晁蓋的立場上看，那真是義薄雲天。

但是，換一個角度，情況就大不相同。

晁蓋等人逃出東溪村以後，在石碣村全殲何濤帶來的五百多官兵，五百多做公的，一千多人命喪黃泉。晁蓋等人上了梁山後，火併了王倫，晁蓋成為新的山寨之主，接着又大敗團練使黃安，殲滅近兩千人，生擒黃安，黃安後來死在山上。對黃安的家人來說，是活不見人，死不見屍。

對近三千無辜喪命的人，宋江有無負罪感？

《水滸》中的懂事

　　武松殺嫂，刺配孟州牢城營。到了牢城營的單身房裡，早有十數個一般的囚徒來看武松，開口便是指點：「好漢，你新到這裡，包裹裡若有人情的書信並使用的銀兩，取在手頭，少刻差撥到來，便可送與他，若吃殺威棒時，也打得輕。若沒人情送與他時，端的狼狽。我和你是一般犯罪的人，……只怕你初來不省得，通你得知。」

　　武松道：「感謝你們眾位指教我。小人身邊略有些東西。若是他好問我討時，便送些與他；若是硬問我要時，一文也沒！」

　　武松還是天真，一個人，一旦做了差撥，有幾個還會

說好聽話呢？狗嘴裡吐不出象牙，差撥嘴裡說不出人話。再說，差撥收錢，哪裡還需要開口討呢？

很明顯，沒有在體制裡面混過多長時間（他做陽谷縣刑警大隊長時間太短），又沒有做過公家囚徒的武松，還是不大懂得這裡的奧妙。

而這裡的囚徒對此卻深有體會，他們馬上勸武松道：

「好漢！休說這話！古人道：『不怕官，只怕管』，『在人矮檐下，怎敢不低頭！』只是小心便好。」

話猶未了，只見一個道：「差撥官人來了！」眾人都自散了。

武松解了包裹坐在單身房裡。只見那個人走將入來問道：「那個是新到囚徒？」武松道：「小人便是。」

解了包裹，是準備拿銀子；自稱小人，態度也很謙卑。顯然，武松還很配合。

但是，差撥哪裡有耐心慢慢地等你拿銀子？一見武松沒有主動及時地奉上銀子，破口便是大罵：「你也是安眉帶眼的人，直須要我開口？說你是景陽岡打虎的好漢，陽谷縣做都頭，只道你曉事，如何這等不達時務！你敢來我這裡！貓兒也不吃你打了！」

對差撥大人的這番義正詞嚴，我感興趣的是，第一，他罵武松不懂事。第二，他罵武松本該懂事卻如此不懂事。

先看其一。我們常常説人要懂事，但含義不一樣：

小時候，父母和老師讓我們懂事，是讓我們做一個好孩子，將來做一個好人。

但是，待到我們長大了，常常被人告誡要懂事，那意思是甚麼呢？

是讓我們懂得一些潛規則，按潛規則辦事。

不懂潛規則，不按潛規則辦事，那就叫不懂事。

問題是，真正的好人，正人君子，質樸厚道之人，往往恰恰是對潛規則缺少悟性並不會按照潛規則辦事的人，這樣的人，就被大家認為是不懂事了！

然而，在這個世界上，春風得意的，常常是「懂事」——懂得並且奉行潛規則的機靈人。

再看其二。差撥很納悶：你武松好歹也是個都頭，也在咱大宋官場混跡過，頭上也安着眉帶着眼，你怎麼不懂事呢？

他的意思是：在官場學習過，但凡頭上安眉帶眼的，哪能就這麼不進步？不覺悟？

官場的作用，就是讓你懂事。懂得那些不好説出來的事。你怎麼能「直須我開口」？組織白培養你了嗎？

此前，林沖的故事裡，我們就知道，牢城營裡有很多規矩，比如一百殺威棒以及種種收拾犯人甚至置犯人於死地的手段，也有很多的潛規則和貓膩，這個潛規則的核心，就是

銀子。林沖到牢城營，經人指點，馬上送銀子；憑着銀兩，憑着柴進的書信，搞好了管營和差撥的關係，所以，沒受甚麼罪。林沖懂事啊。

更懂事的是宋江。

宋江根本不需要他人指點。他是吏員出身啊，真正的受政府教育多年，甚麼潛規則他不懂？這種事不知別人對他幹過多少，他也不知對別人幹過多少，在那個時代的官場混，誰不是受賄和行賄的專業戶？

所以，宋江做得自然而然：差撥來，他馬上送了十兩銀子給他；管營處又自加倍送十兩再加其他禮物；營裡管事的人，並使喚的軍健人等，都送些銀兩與他們買茶吃，因此無一個不歡喜宋江。

既然宋江如此懂事，一百殺威棒自然就免打了，這是我們能夠想像得到的。但還有我們沒想到的：着他在本營抄事房做個抄事。

別的囚犯風裡來雨裡去，毒日頭下曬，宋江可以在抄事房裡抄抄寫寫，說白了，除了沒有工資，幹的活和他以前在縣裡當押司一樣一樣。

眾囚徒見宋江有面目，都買酒來與他慶賀。次日，宋江置備酒食，與眾人回禮。不時間，又請差撥牌頭遞杯，管營處常常送禮物與他。宋江身邊有的是金銀財帛，自樂得結識他們。住了半月之間，滿營裡沒一個不歡喜他。

武松是經人指點仍不開竅，林沖是一經指點就開竅，宋江是不用指點，他的竅，早就在官場被開了。

　　武松是英雄，林沖是老實，宋江是小人。

　　英雄遭磨難，老實人不吃虧，小人常得志。

　　林沖聽人話送禮，武松不聽人話不送禮，宋江自己就知道送禮——官場混過的，就是懂事。

　　但是，必須指出的是，人各有命。最懂事的宋江，最後在牢城營裡最慘：裝瘋、吃屎、毒打、送刑場殺頭。林沖次之：被陷害，差點成了烤肉。而武松最好：單身牢房如同賓館，有人伺候，每日大魚大肉美酒佳餚如同貴賓。

　　做人，懂事當然好。有些事，不懂，更好。

　　壞人會自己保護自己，好人有天保護，就是俗語說的：天佑善人。

戴宗教李逵文明用語

　　宋江到江州，結識戴宗，二人在江州臨街的一家酒肆吃酒。

　　才飲得兩三杯酒，只聽樓下喧鬧起來，過賣告訴戴宗：「便是時常同院長走的那個喚做鐵牛李大哥，在底下尋主人家借錢。」

　　戴宗便起身下去，不多時，引着一個黑凜凜大漢上樓來。宋江看見，吃了一驚。

　　其實，宋江也是黑的。黑宋江見了黑李逵，還吃了一驚，可見李逵之黑。

　　但是，宋江見李逵黑，只是心中暗吃一驚，嘴上可沒

說，這就叫修養。

李逵看宋江黑，可就說出來了。

李逵看着宋江問戴宗道：「哥哥，這黑漢子是誰？」

甚麼叫口無遮攔？就是心口如一。口無遮攔，實際上是心無遮攔。

這是宋江和李逵的對比：一個為人有教養，一個為人無遮攔。一個文化，一個自然。

李逵的可愛，主要就得益於這種個性。絕大多數人都是說話經過斟酌的，猛然見到李逵這樣的說話不經過大腦的，我們有一種清新的感覺，還有一種輕鬆的感覺，在他面前，我們無須設防——因為他是透明的。

但是，正因為透明，他對我們的觀感也毫無遮攔地呈現出來，我們也會因此不勝尷尬。

戴宗對宋江笑道：「你看這廝怎麼粗鹵，全不識些體面。」

其實，就在剛才，牢城營裡，戴宗自己也因為宋江沒有給他送常例錢，辱罵宋江是「黑矮殺才」，現在反而笑李逵粗鹵，「黑漢子」總比「黑矮殺才」好聽啊。

這又是一個對比：李逵淳樸，戴宗兇惡。李逵是最初一念之本心，戴宗是利害計較之算計心。李逵心中無惡意，戴宗心中有歹意。

李逵便道：「我問大哥：怎地是粗鹵？」

　　人家說他粗鹵，他竟不知何為粗鹵。這真是魚在水中不知水，人在道中不覺道。李逵可能不明白：我說出我心中所想，怎地就是粗鹵了呢？

　　戴宗教他：如果你是說：「請問這位官人是誰」，這樣便不粗鹵。可是你說的是：「這黑漢子是誰？」這便是粗鹵。

　　原來——

　　按社會世俗觀念，稱呼對方時，能聯屬、體現對方社會性的體面身份或頭銜，就叫說話文明。

　　不管是甚麼人，哪怕是宋江這樣的臉上刺字的囚犯，都要稱他一聲官人——官人就是領導。

　　我回老家安徽合肥，飯店服務員對客人一律稱「領導」，就是古代「文明」的遺義。

　　相反，按照生理特徵，直接說出對方的個體性自然特點，就叫粗鹵，不尊重人。

　　比如，稱呼一個女人，直接說某某「女人」，她一定不高興。要是稱她某某「女士」，她就高興了。因為，「人」是生理性界定，「士」，就是一種社會性身份。

　　知道不知道在語言上尊重人，既是修養的表現，也體現一個人的世界觀。

　　但是，從另一個方面看，這種「文明」的說話方式，實

際上包含着客觀上的虛假和主觀上的虛偽。

而所謂粗鹵的説話方式，不過是直指真相而已。

所以，李逵這樣的人，在表現出粗鹵和缺乏教養之外，也顯示出質樸和真實的一面。而這一點，又是非常可貴的品格。

所以，我相信，不管戴宗怎麼教，李逵肯定永遠不明白為甚麼要那樣假兮兮地説話。

李逵是教不好的。從另一角度看，他是教不壞的。

接下來，戴宗告訴李逵：「這位仁兄，便是閒常你要去投奔他的義士哥哥。」

你看，又是「仁兄」，又是「義士」。其實，戴宗平時也不這樣斯文，今天卻為何刻意得如同幼兒雞雞文縐縐的？

答案：一來以示和李逵的區別；二來以示和宋江的接近。

在他看來，顯示和李逵的區別，就能遠粗鄙。顯示和宋江的接近，就是近風雅。

李逵衝口而出：「莫不是山東及時雨黑宋江？」

一句話，就寫出了平日裡李逵對宋江的嚮慕之情。但是，即便如此，還是直呼宋江，而且還不忘加上一個「黑」字。

我們知道，古代人們相稱，平輩之間，一般都稱字不稱名，這是禮貌。直呼其名者，不是長輩就是老師。比如《論

語》之中，同學相稱，都是稱字；而孔子稱呼他們，又一般都是直呼其名。

不是師長輩而直呼對方姓名，就是故意冒犯。

所以，戴宗喝道：「咄！你這廝敢如此犯上，直言叫喚，全不識些高低，兀自不快下拜，等幾時？」

李逵道：「若真個是宋公明，我便下拜；若是閒人，我卻拜甚鳥！」

改稱宋江的字「公明」了，看起來很文明了。

可是，下面卻赫然出來一個「鳥」字。這個人，若是宋江，便是哥哥；若不是宋江，便是鳥。

大丈夫不能隨便下拜，是哥哥，當然拜；是鳥，卻拜甚鳥！

完全正確。

至此，宋江只好自己站出來，說明自己是宋江，不是鳥。

宋江便道：「我正是山東黑宋江。」

也順便在自己的姓名前加一「黑」字。

這可能是《水滸》中宋江唯一的一次幽默。

是李逵天性中的自然和天真，煥發出了宋江的幽默。

幽默需要三個條件：

一是智慧。能在瞬間化嚴肅為輕鬆，逆來順受，並將對

方的鋒芒化解於無形，必要智慧。

二是自信。能自嘲者必有自信。

三是心態。自由放鬆。

宋江當然不乏智慧，他也有足夠的自信。

但他一直缺少這樣的放鬆。是李逵給了他。

李逵拍手叫道：「我那爺！你何不早說些個，也教鐵牛歡喜。」撲翻身軀便拜。

你看這動作、語言、心態，是不是一個孩子？

李逵自己毫無藝術細胞，毫無藝術欣賞的意識和能力，但是，出人意外的是，他自己的一舉一動，都是極好的藝術。

為甚麼呢？因為他完全出於自然，美醜妍媸，全在天性，全無意識，全憑那最初一念之本心：童心。

難怪李贄特別喜歡他。

我們都喜歡他。

魯達智深

　　魯達打死了鄭屠，成了我們心中的英雄，卻也成了官府的逃犯，他東逃西奔，急急忙忙，《水滸》甚至帶着調侃來寫他的逃亡：「飢不擇食，寒不擇衣，慌不擇路，貧不擇妻」，用另外的三個「不擇」來襯托魯達的「慌不擇路」，煞是好笑。

　　順便說一下，魯達每一次倒霉，引起我們的，都不是至少主要不是同情，而是好笑。這不僅是他的強大足以使我們感覺到笑他不會對他造成傷害；更主要的是，他是放得下一切的人，他放下了，我們也就放下了，他對他的得失不以為懷，我們也就對他的得失不再介意，既然失去的東西對他並不重要，為甚麼我們不可以笑一笑拉倒呢？於是，我們面對

他的「不幸」發笑，也就不再有道德上阻礙。

其實，此刻的他不是「慌不擇路」，他是無路可擇，他根本就不知道他的路在哪裡，不知道要往哪裡去。半月之後（一說四五十日後），走到代州雁門縣，不期然在此遇到了被他解救的金老父女，原來這對父女逃到此處，金翠蓮嫁給此間的一個財主趙員外，衣食豐足，頗得寵愛，金老父女幾乎有翻身得解放的幸福感，所以，他們也就「吃水不忘挖井人」，對魯達感恩戴德，加上趙員外也很熱情，魯達便在趙員外的莊上住了五七日。

但魯達來到此間的風聲傳出，幾個做公的來街坊鄰舍打聽得緊，魯達一聽此情況，便說，「洒家自去便了」。

趙員外一聽魯達要走，就說：若是留提轄在此，誠恐有些山高水低，教提轄怨恨；若不留提轄來，許多面皮都不好看。趙某卻有個道理，教提轄萬無一失，足可安身避難；只怕提轄不肯。

這段話有幾個很有意思處要注意，第一，很顯然，趙員外的這一個甚麼「道理」，並不是他這一時想出來的，這幾天來，他早已琢磨在心裡了，這就與魯達形成了極鮮明的對比，當魯達對自己的去留曾不縈懷，毫無盤算計劃時，趙員外卻有了籌劃，這就是「做家的人」——普通「過日子的人」與魯達這樣人的區別。過日子需要的就是這種精細的、實用

的、一絲不苟的周到與計劃，而魯達則不耐煩於這些瑣碎的考量與算計，往往率意而行。

其二，他一口一聲「提轄」，固然是鄉間員外的客套與尊敬，但卻好似一聲聲調侃，在提醒我們魯達已經不是甚麼提轄了，如果還是提轄，哪裡用得着一個鄉間小地主留與不留，哪裡要一個鄉間小地主幫忙出主意叫他甚麼萬無一失？「提轄」前接許多「留」與「不留」，「提轄」後又接甚麼「安身避難」，讓人哭笑不得：既覺得好笑，又令人一哭；既令人一哭，又覺得有些好笑——這是甚麼提轄啊？世界上有這樣走投無路的提轄嗎？有這樣走到哪睡到哪，走一步是一步，不憂不愁，沒心沒肝的提轄嗎？

其三，趙員外此話說一半留一半。既說有一計可以叫魯達萬無一失，足可安身避難，卻又提醒魯達：「只怕提轄不肯」，令人心疑這也不是甚麼好主意。但魯達並不在意，說：「洒家是個該死的人，但得一處安身便了，做甚麼不肯？」

此前他也說過自己是個該死的人，他並不覺得自己除暴安良的行為多麼高尚，應該獲得社會的讚揚與他人的報答，因此成了逃犯，那也就自認是個該死的人，這是一塵不染的佛的境界。所以，當趙員外說出要讓魯達去做和尚時，魯達說：「洒家情願做和尚。」當時就說定了。金聖歎在這句下面批曰：「說定者，難之辭也。當時說定者，易之辭也。極力寫魯達爽直。」

從前途無量的提轄，突然變為走投無路人，人生這麼大的跌宕，他竟然如此坦然淡定。這個沒有甚麼文化的粗魯人，偏偏體現出一種難得的灑脫氣質。也是，若說坎坷，人生何處不坎坷？哪一條道兒不艱難？若說順暢，那也是條條大路通羅馬，行行都能出狀元，當初做提轄，現在做和尚，不都是在做人麼？變的是外在的身份，不變的是為人的赤子之心。

　　何況，和尚也是人做的，並且往往是好人做的。玄奘不就是好人麼？和尚還往往是一些猛人做的，朱元璋不就做過和尚麼？可見，做和尚，不僅可以成佛成祖，還可以成王成帝。明白了這個道理，就是智慧。

　　魯達魯達，粗魯通達，雖是粗魯，然而通達。甚麼叫達？達就是大路朝天，就是四通八達，無有阻礙。明白這個道理的，往往不是精細人，算計人，恰恰是魯莽人，是粗心大意人。所以，「魯達」這個名字好，暗含着深刻的道理和智慧。送這麼一個好名字給他，作者施耐庵是真的喜歡他筆下的這個人物，或者說，就是用這個人物來表現他對生活的認識和領悟吧？

　　莊子說「嗜慾深者天機淺」，魯達對自己的人生，無那麼多孜孜以求，無那麼多慾望，他天機極深，智真長老說他將來「證果非凡」，並賜法名「智深」，就是智真長老的法眼，看到了魯達的慧根所在。人有智慧，且天機深厚，可不就是

智深麼？「魯達」必然「智深」，「魯達」就是「智深」，愚魯
通達就是智慧深厚。慧根之「慧」，不是智力，而是性格，是
心靈，有一種智慧來自性格，有一種性格即是智慧。來自性
格的智慧，才是最大的智慧。

一百零八人之外的大英雄

　　林沖被誘騙，持刀誤入白虎節堂，高俅想藉開封府的刀砍林沖的頭。這時，林沖的丈人張教頭買上告下，使用財帛，要救林沖性命。林沖刺配滄州牢城，董超、薛霸押送林沖出開封府，林沖的丈人和眾鄰舍在府前接着，到州橋下酒店裡坐定，翁婿之間此時有一段對話，明萬曆袁無涯刻本眉批曰：「此一番往返語，情事淒然，使人酸涕。」金聖歎的眉批曰：「一路翁婿往復，淒淒惻惻，《祭十二郎文》與《琵琶行》兼有之。」他們都看出了這段對話中傷情傷別的內容，但卻沒有看出，這段翁婿對話不經意之間寫出了一個真正的英雄。

當林沖對泰山丈人說要休妻之時，張教頭也就是林沖的
丈人，說：

賢婿，甚麼言語！你是天年不齊，遭了橫事，又不是你作將
出來的。今日權且去滄州躲災避難，早晚天可憐見，放你回來
時，依舊夫妻完聚。老漢家中也頗有些過活，便取了我女家去，
並錦兒，不揀怎的，三年五載，養贍得他。又不叫他出入，高衙
內便要見也不能彀。休要憂心，都在老漢身上。你在滄州牢城，
我自頻頻寄書並衣服與你。休得要胡思亂想。只顧放心去。

這個特別愛惜林沖，看重林沖的教頭，因為敬重林沖是
條好漢，所以把女兒嫁給他；把女兒嫁給好漢，又當然是愛女
兒。此時，林沖倒霉，他愛惜林沖的方式就是為他保存一個
家庭，為他保護他的家小；而他愛女兒的方式，便是在女婿充
軍發配時，將女兒領回家去，養起來，保護起來，不讓她受
到高衙內的騷擾。

張教頭的這番話，說了三個意思，分別針對三個人：
一是對林沖，是理解，並不責怪，這場大禍，乃是天年
不齊，而非自作自受，去滄州後，休要胡思亂想，「我自頻頻
寄書並衣服與你」。只顧放心去，早晚天可憐見，回來後，依
舊夫妻完聚。——這是丈人做得好。

二是對女兒。女婿刺配滄州牢城，他就接女兒回家過活，並且連錦兒也接去，三年五載，養贍得她。——這是父親做得好。

　　三是對高衙內。張教頭為甚麼要接女兒回家過活？就是為了防止高衙內騷擾，接回家去後，不叫女兒出入，讓高衙內連面也見不着。——這是做人有骨氣。

　　他明確告訴林沖説：「休要憂心，都在老漢身上。」

　　甚麼東西「都在老漢身上」？

　　兩個：一是林沖老婆，二是高衙內。

　　——老婆我替你養着，危險我替你擔着。

　　這個「老漢」，年歲一大把的人，垂暮之年，竟能大包大攬，天塌下來了，他衝上去頂着。把他和正當壯年的林沖一比，還真把林沖比下去了！

　　不客氣地講，林沖自始至終，他都只擔心自己：

　　先是擔心自己的名譽受損；

　　後是擔心自己的前程被毀；

　　現在是擔心自己的性命被害。

　　而張教頭淳樸，他從一般人情之常上考慮，以為林沖此時最擔心的是兩樣：

　　一是妻子在自己離開之後的生活；

　　二是高衙內威逼這頭親事。

　　所以張教頭一邊保證接女兒回家養着，解決女兒的生活問題；一邊又擔當起保護女兒不受高衙內騷擾的重擔。這恰是林沖此時急於卸下的重擔。

　　林沖接着對丈人說道：

　　感謝泰山厚意。只是林沖放心不下。枉自兩相耽誤。泰山可憐見林沖，依允小人，便死也瞑目！

　　甚至在遭到張教頭拒絕，眾鄰舍也都紛紛說不行時，他發了一個毒誓：「若不依允小人之時，林沖便掙扎得回來，誓不與娘子相聚！」

　　金聖歎在此下批曰：「截鐵語。」

　　林沖截鐵，張教頭無奈。但他仍然堅持，他說：

　　「既然恁地時，權且由你寫下，我只不把女兒嫁人便了。」

　　金聖歎在此下又批曰：「截鐵語。」

　　林沖截鐵，是截幾載夫妻之情；張教頭截鐵，是決不屈服！

　　他不是不向林沖屈服，恰恰相反，他是在為林沖着想，是在維護林沖的生活，維護林沖的家庭，維護林沖的世界。他是不向這個邪惡的世道屈服，不向高太尉高衙內屈服！

　　此時，林娘子號哭着尋到酒店。按說，林沖本該好言安

慰，但是他卻告訴她，已寫好了休書，並說：「萬望娘子休等小人，有好頭腦，自行招嫁，莫為林沖誤了賢妻。」

林娘子聽罷，大哭，說：「丈夫！我不曾有半些兒點污，如何把我休了？」

還是丈人張教頭真英雄，他說：

我兒放心。雖是女婿恁的主張，我終不成下得將你來再嫁人？這事且由他放心去。他便不來時，我也安排你一世的終身盤費，只教你守志便了。

我們想想，假如張教頭有一絲貪緣攀升趨炎附勢的念頭，高衙內看中了他的女兒，林沖又自願退出，他不正好可以將女兒嫁入高家，從此和頂頭上司高太尉成了兒女親家，他不是要風得風，要雨得雨？

但是，他就是決不屈服！寧願讓女兒守寡，絕不向衙內屈服！

有此等父親，才有此等女兒。林沖走後，在張教頭的保護支持下，林沖娘子誓死不從高衙內，自縊而死，這位垂暮老人，也隨之而去！

林沖丈人張教頭，這是一位隱藏在《水滸》之中，數百年無人識破的大英雄！

294

後　記

　　收在這本書中的，是《中國週刊》上的專欄
文章結集。

　　當年《中國週刊》改版，朱德付任總編輯，
約我寫專欄。一開始不知道寫甚麼，就東扯西拉
寫了幾期，每期想主題想得很煩，為了省力，開
始專門寫《水滸》。

　　後來朱學東接任總編輯，來電話說，總編
換了，但是我的專欄還是希望寫下去，就寫下來
了，寫了好幾年吧，寫成這樣的規模。

　　後來朱學東也不做總編輯了，來電說：我
不做了，你的專欄也算了吧。也就算了，於是，
就這樣的規模了。

　　這組文章本來就這樣隨着雜誌去了。但是，
不斷發現一些微信公眾號和網站在轉發這些文
字，有些署了我的名，有些不署我的名。

　　於是，想着，乾脆結集出版吧，也以此紀念

我和《中國週刊》兩任朱姓總編輯曾經的友誼，
祝他們在未來的日子裡，心曠神怡。

　　於是，就有了這個集子。

2018 年 5 月 12 日於偏安齋

責任編輯	梅　林	
書籍設計	林　溪	
責任校對	江蓉甫	
排　版	周　榮	
印　務	馮政光	

書　名　江湖不遠——《水滸》中的那些人

作　者　鮑鵬山

出　版　香港中和出版有限公司
　　　　Hong Kong Open Page Publishing Co., Ltd.
　　　　香港北角英皇道 499 號北角工業大廈 18 樓
　　　　http://www.hkopenpage.com
　　　　http://www.facebook.com/hkopenpage
　　　　http://weibo.com/hkopenpage

香港發行　香港聯合書刊物流有限公司
　　　　　香港新界大埔汀麗路 36 號 3 字樓

印　刷　中華商務彩色印刷有限公司
　　　　香港新界大埔汀麗路 36 號中華商務印刷大廈

版　次　2019 年 3 月香港第 1 版第 1 次印刷

規　格　32 開（148mm×210mm）312 面

國際書號　ISBN 978-988-8570-19-5

© 2019 Hong Kong Open Page Publishing Co., Ltd.
Published in Hong Kong